# Kamermaats Baba-Oppasser

Erotiese taboe-versameling

# Erika Sanders

# ERIKA SANDERS

Kamermaats:
Baba-Oppasser
(Erotiese taboe)

Erika Sanders
Reeks
Erotiese taboe-versameling 23

# KAMERMAATS: BABA-OPPASSER

@ Erika Sanders, 2022
Voorbladbeeld: @ Мария Ткачук - Pixabay, 2022
Eerste uitgawe: 2022
Alle regte voorbehou. Totale of gedeeltelike reproduksie van die werk word verbied sonder die uitdruklike magtiging van die kopieregeienaar.

ERIKA SANDERS

# Opsomming

Julia sorg vir die onderwyser se kleinkinders en dan vir hom, en Andrea bly by 'n vriend se huis en verlei sy ma...

**Kamermaats (Erotiese taboe)** is 'n verhaal wat deel uitmaak van die Taboo Erotic-versameling, 'n reeks romans met 'n hoë erotiese inhoud oor taboe-onderwerpe.

(Alle karakters is 18 jaar of ouer)

# Nota oor die skrywer:

Erika Sanders is 'n internasionaal bekende skrywer, vertaal in meer as twintig tale, wat haar mees erotiese geskrifte, weg van haar gewone prosa, met haar nooiensvan onderteken.

# Indeks:

Opsomming
> Nota oor die skrywer:
> Indeks:
> KAMERMAATS: BABA-OPPASSER (EROTIESE TABOE)
> VERGELYKING VAN SPORTMANNE MET NERDS
> GRADEGESKENK
> VAKANSIEDAE
> BABA-OPPASSER
> EINDE

# KAMERMAATS: BABA-OPPASSER (EROTIESE TABOE)

# VERGELYKING VAN SPORTMANNE MET NERDS

## KAMERMAATS: BABA-OPPASSER 11

"O, O, ohhh ja."

Julia Carraux het amper haar oë gerol terwyl sy luister na die gegrom en kreun wat van die ou bo-op haar kom. Uit die geluide wat hy gemaak het, sou 'n luisteraar gedink het hy het 'n haan so groot soos 'n hert-rolprentster en dit so diep in die swarthaar-kop gedryf het dat dit uit haar boude kom. Wel, dit was nie. En as sy so hard as wat sy kon teen hom opgebulk het, was dit in 'n poging om hom iewers bevredigend in haar te kry.

Dit was nie dat hy gekrimp was of so iets nie. Dit was eenvoudig dat die ster wat agtervolg van die kollege-sokkerspan nie die minste idee gehad het van hoe om behoorlik liefde te maak nie. Om die waarheid te sê, hy was regtig 'n slegte fok.

Miskien het hy te hard gekuier voordat hulle in hierdie slaapkamer van die broederhuis beland het waar die feesvieringe gehou is. As 'n ondersteunende cheerleader, 'n posisie waarna sy meer gegaan het vir die oefening wat dit haar bied as enige ander rede, was sy op die rand van die "Cool Set". Sy het nie daaraan omgegee nie, maar dit het haar en haar kamermaat Andrea Martin toegang tot 'n paar goeie partytjies gegee.

Hierdie een was vol bier en goeie musiek en doepa gewees. Daar is gedans en gekuier en lekker gekuier. Dit was nie naastenby so wonderlik soos die dramaklub se onlangse rolverdelingspartytjie waarheen Andrea, 'n teaterhoof, haar 'n paar weke gelede geneem het nie, maar dit was redelik goed.

Een of ander tyd, in 'n effense waas wat hoofsaaklik deur alkohol veroorsaak is, het Larry, of miskien was sy naam Gary, haar genader. Sy het geweet dat hy waarskynlik net op soek was na 'n telling met 'n ander cheerleader, maar poes, dit was 'n stadige week en die mooi wiskunde-hoofvak moes net so sleg gelê word soos die jock. Sy het net nie gedink dit sou SO erg wees nie.

Voorspel het net so lank geduur as wat dit hom geneem het om haar romp op en haar broekie af te kry. Hy het haar borste vir sowat tien sekondes deur haar trui getrek, toe sy ritssluiter afgetrek en sy piel uitgeruk. Uit die manier waarop hy dit vasgehou het, het Julia gedink dat daar van haar verwag word om 'n blou lint om dit vas te bind, maar hy het dit net vir 'n oomblik trots rondgeswaai voordat hy bo-op haar geval en die kop in haar vroetel.

Miskien het almal anders dit vir hom gedoen, dink Julia. Sy sou beslis bo gekom het as sy geweet het hoe ongeskoold hy in hierdie pos was. Sy het gehoop dat Andrea beter geluk het met Todd, die quarterback wat haar langer, skraal kamertjie van die partytjie en na 'n ander slaapkamer begelei het.

Sy het dit reggekry om haar gedagtes terug te trek na die hede toe Harry (sy was redelik seker sy het dit uiteindelik onthou) een of ander gewurgde gil gegee en iets nat en taai in haar poes geskiet. Sy was nie naastenby tevrede nie, maar omdat Julia nie regtig wou hê dit moet aangaan nie, het Julia 'n luidrugtige orgasme nagemaak. Harry trek gelukkig uit haar, dribbel op haar dye en trek sy broek op.

"Ek sal jou bel," roep hy oor sy skouer toe hy by die deur uitstap.

"Moet asseblief nie dreigemente maak nie," mompel Julia terwyl sy aantrek. Sy het haar pad terug na die hoofkamer gevind. Julia sien haar beste vriendin, wat gelyk het soos sy voel, en ruk haar kop na die voordeur. Andrea het geknik en hulle twee glip uit.

"Wel, wat het jy van Todd gedink?" Julia het by haar kamermaat navraag gedoen nadat hulle die onmiddellike omgewing skoongemaak het.

"Wel ...," Andrea trek die woord ver buite enige vereiste van haar Suider-aksent. "Hy het my laat dink aan 'n ou van wie ek een keer in 'n boek oor Suider-ouens en -meisies gelees het. Soos jy seker weet, is die gereelde wit manlike suiderling, veral 'n plattelandse ou, algemeen bekend as 'n 'goeie ou seun'. Wel, dit skrywer het 'n 'SLEGTE ou goeie ou seun' gedefinieer. So goed as wat ek kan onthou, het hy gesê daardie tipe 'maak sy groot uitgang vyftien sekondes nadat hy sy groot ingang gemaak het terwyl hy spog oor watter vrou-plesier hy is.'. dit. Kom ons gaan maak

## KAMERMAATS: BABA-OPPASSER 13

skoon en gaan na die Studentesentrum en kyk of ons 'n kaartspeletjie kan kry."

Julia het ingestem. "Dit sal meer pret wees."

Dertig minute later het die twee meisies die groot gebou binnegegaan wat as die amptelike kuierplek vir die studentebevolking gedien het. Soos gewoonlik was dit redelik leeg. Toe hulle in al die hoekies en gaatjies kyk, het hulle twee ouens wat skaak speel afgekom.

"Hallo, Andrea," sê een bebrilde jong man skaam.

"Hallo Dennis," glimlag Andrea. " Dis lekker om jou te sien." Sy stop en kyk af na die skaakbord wat gebalanseer is tussen die spreker en die ander speler. "Hoe gaan die wedstryd? En het jy nie 'n kompetisie wat voorlê nie?"

" Dit gaan goed, en ja," lyk Dennis verbaas, "ons het oormôre 'n groot wedstryd in die hoofstad. Ek is verbaas dat jy geweet het."

"Ag, ek hou daarvan om op hoogte te bly van dinge. Sterkte vir jou Dennis."

"Dankie."

Toe die twee meisies wegstap, gryp Julia haar kamermaat se arm en fluister: "Nou is DAAR 'n ou wat verlief is op jou."

"Jy dink so?"

"Ek weet so." Julia het haar kamermaat bestudeer. "Vir iemand so helder soos jy is dit ongelooflik wat verby jou glip. Vat..."

"Oukei, oukei," onderbreek Andrea. "Kom ons bring DIT nie weer ter sprake nie." Sy het ingedagte gelyk. "Jy doen mos niks oormôre nie?"

"Gaan net saam met jou hoofstad toe, dink ek. Wat dra jy na 'n skaaktoernooi?"

Vrydagaand het die meisies in Andrea se gehawende Dodge Dart gespring en die uur lange rit na die Burgersentrum in die middestad van die hoofstad van die staat gemaak. Hulle het 'n plek in 'n helder verligte en verbasend stampvol parkeerterrein gekry en die saal gevind waarin die skaakkompetisie gehou is. Aangesien die wedstryd nog nie begin het nie, het Andrea vir Julia gelei op soek na Dennis.

14 ERIKA SANDERS

Toe hulle hom kry, was Dennis neus aan neus met 'n lang, swaar gestel ou wat hom seker twee teen een swaarder geweeg het. Die groter, hoewel taamlik slordig vet, skaakspeler het Dennis gespot.

"Jy moet regtig teruggaan skool toe en leer skaak speel, outjie. Ek gaan jou sweep soos altyd."

Andrea was verskeur tussen uitbarsting van die lag by die aanskou van iemand wat klink asof hulle op mededingende spanne was in die laaste minuut voor die Rose Bowl afgeskop het en om oor te loop en hardop in die boud te skop. In plaas daarvan het sy nie een van die twee gedoen nie.

"Dennis!" Sy het hard geroep en oor die vloer gehaas en almal wat daar staan ignoreer eenvoudig. Sy slaan haar arms om hom. "Ek is so jammer om laat te wees skat. Die kar het opgetree."

Almal, veral die mededingende skaakspan, het oopbekke gestaan. Uiteindelik het een gevra "Wie is JY?"

"Wat bedoel jy, wie is ek?" antwoord Andrea verontwaardig. "Ek is Dennis se meisie."

Indien moontlik, het gapende monde nog verder gedaal. Asof dit deur onsigbare drade verbind is, het elke paar oë op en af deur Andrea se lyf gereis. Sy het 'n moulose t-hemp, stywe atletiese kortbroek en tennisskoene aangehad, wat alles gedien het om haar lang aantreklike bene te beklemtoon. En aangesien die hemp te groot was en in die middel gehang het toe sy die korter Dennis gebuig en soen, het dit duidelik geword dat 'n bra nie deel van haar klereskema was nie.

Uiteindelik het die luidrugtige mond wat op Dennis gepik het, 'n bietjie kalmte herwin en na vore getree. Hy gooi sy arm om Andrea se skouer en spot "Wel, jy moet dan saam met 'n regte man kom, in plaas van... OWWWW!"

In een vinnige beweging het Andrea die gewraakte hand gegryp en weggedraai van sy arm. Sy gryp twee vingers en buig dit agteroor. Die geraasmaker het dadelik op sy knieë gegaan en sy pyn gehuil.

## KAMERMAATS: BABA-OPPASSER 15

"Moet OOIT weer aan my raak nie, of enige ander meisie wat jou nie nooi nie. En dit sal seker vrek min wees. Verstaan jy?"

"Ja," kom die tjankende antwoord.

Andrea het die druk verlig, maar het nie die hou losgelaat nie. "Jy is gelukkig, jy weet." Sy knik vir Dennis. "Hy het my allerhande bewegings soos hierdie geleer. As ek nie gereageer het nie, sou hy jou seergemaak het. BAIE." Sy laat sak die arm en stap terug. Die ou het stadig opgestaan en teruggetrek.

Dennis, sy vriend en Julia het almal rondom Andrea saamgedrom. Dennis maak sy keel skoon. "Andrea, ek het jou nooit so iets geleer nie. Ek ken nie eers enige gevegsbewegings nie."

"Ek weet, maar hy sal dink jy doen en gedra hom van nou af."

"Waar het jy dit geleer Andrea en kan jy my leer?" Julia het 'n bietjie hip swivel gedoen en Dennis se vriend gestamp. "Hierdie ou kan dalk uit die ry raak."

Die ander jong man het skielik sy mond oopgemaak vir 'n verontwaardigde ontkenning. "Ek is George, en al is ek nie 'n 'kom uit die lyn' tipe ou nie, sal dit vir jou die moeite werd wees."

Julia glimlag. "Wel, George, jy weet nooit. Speel dan vanaand weg. Ek is mal oor 'n wenner." Sy kyk terug na Andrea. "Sê jy?"

"Wel, jy weet my Pa is in die lugmag." Op Julia se knik gaan sy voort. "Wat ek nie vir jou gesê het nie, is dat hy 'n Lugkommando is."

Die meisies het gaan sit in die yl bevolkte afdeling wat vir nie-spelers gereserveer is en kyk. Nie een was 'n skaakspeler nie, maar hulle was albei intelligent en hulle gedeelde agtergrond aangesien brugspelers hulle die waarde van strategie geleer het. Hulle het vinnig 'n paar van die meer ooglopende gambits opgetel en gevind dat hulle eerder die hele vertoning geniet het.

Dennis het met kwaai konsentrasie gespeel. Maar wanneer die wedstryd dit toelaat, het hy na Andrea se erwe gekyk. Andrea het opgemerk dat George elke geleentheid gebruik om ook na hulle kant toe te kyk. Sy het nie gedink hy kyk na haar nie. 'n Sywaartse loer meer as een keer wys hoe Julia vir George waai.

Die laaste wedstryd was tussen Dennis en sy luidrugtige nemesis. Hy was nie meer 'n aartsvyand vir Dennis nie, wat van sy teenstander ontslae geraak het in die eerste twee van die beste-uit-drie-reekse. Na die toekenning van die prysbeker, het Andrea, kort gevolg deur Julia, afgesonder om haar tydelike kêrel te omhels en hom opreg geluk te wens.

"Dankie, Andrea," glimlag Dennis, so gelukkig soos sy hom nog ooit gesien het. "Ek het altyd geweet ek kan daardie ou klop, maar ek het altyd toegelaat dat hy my intimideer. Hierdie keer, wanneer ek ook al gevoel het soos hy was, het ek na jou gekyk en jy het geknipoog of geglimlag en ek sou bo-aan die wêreld wees. Ek kon nie verloor het dat jy my so ondersteun nie.

Andrea druk weer vir Dennis. "Goed vir jou. Jy hou net daardie geheue en gebruik dit wanneer jy ook al nodig het. Jy is regtig 'n gawe ou Dennis. Kom 'n bietjie uit daardie dop en ek dink jy sal vind dat meer meisies na jou aangetrokke sal wees."

"Dankie ook daarvoor." Hy slaak 'n sug. "Maar so wonderlik soos dit was, ek weet dat die aand dat jy my vriendin was verby is."

"Wel, Dennis, ek soek glad nie 'n kêrel nie, in elk geval nie nou nie. Ek wil vry wees om te gaan waar ek wil en saam met wie ek wil, ten minste vir die afsienbare toekoms." Haar oë glinster en sy fluister in sy oor. "Maar die nag is nog nie verby nie, en totdat dit is, IS ek steeds jou vriendin. So doen wat enige rooibloedwenner sou doen," knipoog sy vir hom terwyl hy 'n ongelowige kyk na haar skiet, "En vat jou meisie. bed toe."

Daarmee soen sy hom, glip dan haar hand in syne en lei hom uit die kamer en na die hysbak. Dennis, meer opgewonde as wat hy ooit in sy lewe was, het flou geprotesteer.

"Maar Andrea, George, my kamermaat sal daar wees. En jy, wat as daar terugkom kampus toe oor jou oornag saam met een van die skool se

## KAMERMAATS: BABA-OPPASSER 17

grootste nerds? Die laaste wat ek gehoor het jy slaap, err, ek bedoel met, Todd Danielstan , die quarterback."

Andrea het Dennis in 'n oop hysbak ingetrek. "Watter vloer asseblief?" Toe Dennis daarin slaag om sy antwoord te stamel, het Andrea die regte knoppie gedruk en toe vrolik vir die staargroep gewaai wat hulle uit die toernooisaal gevolg het.

Tydens die rit op en die stap in die gang af na die kamer, het Andrea verduidelik.

"Eerstens, George gaan nie vanaand daar wees nie. My roomie Julia, het hom na ons hotelkamer gedra. Ek hoop hy kan in die oggend loop," het sy aangekondig. "Tweedens gee ek nie om wat ander mense oor my sê, fluister of skree nie. Derdens moet ek niks sê oor iemand anders met wie ek geslaap het nie, maar laat ek net sê dat Todd se reputasie groter is as sy begiftiging of sy seksuele vermoëns met mekaar vermenigvuldig."

Sy het die deur oopgemaak wat hy oopgesluit het. Sy neem albei sy hande in hare en stap terug die kamer in. Sy het dit agter hulle toegemaak en dit met die ketting vasgemaak. Sy stap na die nader bed. Sy draai om na Dennis en trek haar sandale uit.

Dennis lek sy lippe af en staar na die atletiese meisie voor hom. "Nog een ding, Andrea," fluister hy hees. Fluister was al wat hy kon regkry, sy keel was so droog. "Ek was nog nooit, wel, regtig saam met 'n meisie nie. Jy weet, so."

"O GOED," antwoord sy een-nag vriendin. "Dan sal jy nie die slegte gewoontes of die gevoel opgetel het dat jy op een of ander manier God se geskenk aan vroue is nie." Sy krom haar vinger. "Kom hier, groot seun." Sy stroom tot by Dennis en hul arms gaan om mekaar terwyl sy hom soen, hierdie keer met haar lippe geskei en haar tong wat in sy mond ingedruk is.

Dennis was 'n baie goeie soener, het Andrea ontdek. Sy hande was geneig om taamlik gretig en te grof te wees, maar dit was nie te verbasend nie en was beslis nie erger as haar laaste ou nie. Sy het effens teruggestap en haar t-hemp by die soom gevang en dit oor haar kop getrek.

Dennis se oë sluit op Andrea se borste en wip effens voor hom. Toe sak sy blik verder toe sy haar kortbroek en broekie oor haar hardloper se bene afskil, dit wegskop en naak voor hom staan.

"Dennis," terg sy, "Gaan jy nie uittrek nie?"

Amper meganies trek Dennis sy klere uit, sy oë is steeds op die skraal meisie voor hom gesluit. Sy haan spring uit die oomblik toe hy sy broek aftrek. Andrea het met tevredenheid opgemerk dat dit 'n baie respekvolle lengte was, ongeveer 7 duim en redelik dik. Maar nie TE dik nie, wat goed was. Sy het verwag dat hy waarskynlik redelik vinnig sou kom sodra hy haar werklik gepenetreer het en sy hom weer hard sou moes suig. Nie dat sy daaraan gesteur het nie, natuurlik.

Tog sal dit lekker wees om hul tyd tot daardie punt te neem. Sy gaan sit op die bed en klop die matras langs haar. "Sit Dennis, reg langs my." Sodra hy dit gedoen het, "Gee my jou hand," het sy opdrag gegee. Toe sy dit neem , plaas sy dit oor haar bors. "Voel my bors Dennis. Hou dit vas. Dit gaan nie weghardloop nie. Hou dit saggies, dit is sensitief. Jy kan dit druk, maar moenie dit verskeur nie. Soms kom daar 'n punt wanneer dinge meegevoer raak en grofheid kan passie wees , maar liefde maak begin nie so nie."

Dennis se oë blink van opgewondenheid toe hy Andrea se aanwysings volg.

"Nou toe, gebruik jou duim op my tepel. Plaas die bal op die punt en druk liggies. Mmmm, dit is dit. Rol dit nou om en om. Dit hoef nie veel te wees nie, net 'n klein sirkel. Kan jy voel word dit moeiliker onder jou aanraking?"

Dennis ruk sy kop op en af. "Ja," hyg hy. Hy kyk na Andrea. "Andrea, kan ek dit soen?"

In antwoord het Andrea Dennis weer gesoen. Toe sy die soen breek, het sy agteroor geleun en haar op haar hande vasgemaak. Dennis skuif sy hand na haar ander bors en herhaal die aksies wat hy geleer is. Sy tong dartel na die stywe tepel waaraan hy pas geraak het. Hy het probeer om

## KAMERMAATS: BABA-OPPASSER 19

nie beheer te verloor nie, hy het sy tong gebruik soos hy sy duim gebruik het en die tepel om en om gerol.

Andrea kreun van plesier. Sy hou haarself steeds omhoog met een hand, streel sy kop met die ander, trek haar vingers deur sy hare. "Dit voel so goed Dennis. Neem dit nou in jou mond. Jy kan 'n bietjie meer veeleisend wees, 'n bietjie harder nou."

Dennis sluk Andrea se bors en soog dit. Sy sit regop, vat sy ander hand en beweeg dit langs haar maag en tussen haar bene af.

"Raak my daar," fluister sy. "Weer saggies. Laat jou vingers verken." Sy gryp sy pols vas. "Nie te vinnig nie, moenie jou vingers in my druk nie, nog nie." Sy skuif en skei haar bene meer. "Gebruik jou vingerpunte om my te skei. Dit is my skaamlippe, die lippe na my poes. Trek die spleet tussen hulle na. Voel hoe dit jou vingers na my ingang lei. Maar ons meisies geniet die stimulasie ook daar. Streel op en af. "

Andrea hyg. "DAAR. Aan die bokant. Het jy daardie harde knoop gevoel?" 'n Gedempte kreun van moontlike erkenning kom van Dennis, sy mond bedek steeds Andrea se bors. "Dis my klitoris. DIS hoe jy 'n vrou wild kan dryf. Raak versigtig daaraan, dit is die sensitiefste deel van my liggaam. Net soos jy met my tepel gedoen het, behalwe nog versigtiger."

Teen hierdie tyd het Dennis Andrea so opgewonde gehad soos wat sy lankal was. Hy beweeg heen en weer van die een klein ferm borsie na die ander, terwyl hy met sy lippe en tong oor hulle loop. Sy vingerpunt streel haar regop klit, tik en rol dit. Uiteindelik was Andrea die een wat nie langer kon wag nie. Sy gee 'n veeleisende kreun, rol op haar rug en trek Dennis bo-op haar.

"Dennis, asseblief." Haar hand was tussen hulle en het sy piel vasgehou. Terwyl sy uitstrek en wikkel en hulle albei tot op die bed trek, het sy die kop van sy haan tussen haar skaamlippe gelei.

"Nou, Dennis. Dis tyd dat jy in my is."

Of hy dit werklik gedoen het of dit net in tydskrifte gesien het, Dennis het hom op sy arms vasgemaak, sy lyf tussen Andrea se bene gewik en begin druk. Sy was so nat dat dit vir hom eenvoudig was om in een vinnige beweging tot in haar te gly.

"O GOD, dit voel so goed," het Dennis gekreun.

"O ja dit doen," kreun Andrea instemmend. Sy skuif haar bene, trek haar knieë op en plant haar voete stewig op die bed. "Nou, laat dit nog beter voel Dennis. Beweeg binne-in my rond. Gebruik jou heupe. Nie net op en af nie, maar sywaarts."

Dennis het met 'n testament gereageer. Hy het sy heupe geswaai, soms voor hy stoot, soms as hy so ver in haar was as wat hy kon regkom. Sy bewegings was glad nie glad nie. Op een of ander manier het dit Andrea nog meer opgewonde gemaak, want hy het haar heeltyd onkant betrap deur 'n skielike beweging toe sy dit nie verwag het nie.

Soos sy geestelik voorspel het, was dit nie lank nie of Dennis het begin uitroep en verstyf en hom dan in haar leegmaak. Sy was voorbereid en het hom nie toegelaat om skaam te wees oor die spoed waarmee hy klaargekom het nie. Vinnig rol sy hulle om, trek haarself van hom af en gly by sy lyf af. Voordat hy nog kon snak , het sy sy haan in haar mond gevat.

Dit het heerlik gesmaak, die mengsel van haar sappe en sy kom heerlik vir haar. Sy maak haar lippe oor sy skag toe en begin haar kop op en af pomp. Sy was mal daaroor om haan te suig. Dennis het gerol en gekreun, feitlik hulpeloos onder haar bedieninge. In 'n japtrap voel sy hoe hy weer begin swel en verstyf.

Sy los hom en swaai haar lyf om. Sy kyk oor haar skouer na Dennis en wikkel met haar boude na hom.

"Kniel agter my Dennis." Toe hy op sy knieë tussen haar bene geskarrel het, gaan sy voort. "Gryp my heupe." Sy hande gryp haar gretig vas. Sy reik terug tussen haar bene en vat weer sy piel vas. Sy lig die kop op en plaas dit teen haar nat poesie.

"Nou!"

Dennis het geen verdere aanmoediging nodig gehad nie. Hy stamp sy heupe vorentoe en die volle lengte van sy piel het in Andrea gedompel.

## KAMERMAATS: BABA-OPPASSER                    21

Hy het teruggetrek totdat net die kop in haar was en weer vorentoe gespring. En weer. En weer. "O my God," roep Andrea uit. "Dennis, gee dit vir my hard, skat. Dit is wanneer jy rof word. Ek is nou al joune om te gebruik. Fok MY!" Sy het klaargemaak met 'n geskreeu. Dennis het geglimlag en sy pogings verdubbel. Niemand het hom ooit so laat voel nie. Hy wou Andrea dieselfde ongelooflike plesier gee wat sy hom gee. Hy knyp haar heupe en klop teen die stywe deining van haar gat. Sy balle swaai onder haar op en klap teen haar dye. Hoe harder hy gedruk het, hoe harder het sy geëis dat hy dit doen.

Andrea se kop het opgestaan en sy het gegil terwyl Dennis sy haan in haar begrawe het. Sy stoot terug met die krag van haar jong lyf, en maak seker dat hy elke keer dieper en dieper in haar kom. Toe laat sak sy haar kop om 'n gil in die kussings te demp terwyl die kruinende golf haar vat.

Dennis het nooit vertraag nie. Andrea se stuiptrekkings het hom net tot groter pogings aangespoor. Sy was in die koord van verskeie orgasmes, die een op die ander. Haar arms het platgeval en haar gat nog hoër gestoot. Dennis se oë het groot oopgegaan en hy het haar naam oor en oor geroep terwyl hy uiteindelik in haar swel en 'n tweede vrag diep in haar poes geskiet het. Die twee universiteitstudente het ineengestort. Met die laaste van hul energie het hulle saam gekuier en aan die slaap geraak.

Toe Dennis wakker word, het die son deur die hotelkamervensters gestroom. Vir 'n oomblik het hy gedink hy was in die greep van 'n ander erotiese droom, soos hy al 'n geruime tyd gehad het. Toe soen 'n paar koel lippe syne en twee groen oë blink toe hulle in syne kyk.

"Goeie môre slaperige kop." sê Andrea vrolik. Dennis het regop gesit en opgemerk dat sy reeds geklee was en haar hare nat was. "Jy was uit dit. George het al gebel om vir my te sê hy is op pad boontoe. Jy moet gaan stort en aan die gang kom. Ek moet Julia gaan wakker maak. George het vir my gesê hy het haar aan die slaap gelos."

"Andrea?" Dennis het gestamel en toe homself teruggekry. "Dankie. Ek weet dit is nie veel nie, maar dankie."

"Haai," Andrea gaan sit op die rand van die bed en vat sy hand. "As jy onder die indruk is dat ek nie gisteraand lekker gekuier het nie, is jy verkeerd. Dit was wonderlik. Jy is nogal 'n minnaar."

"Kan, kan ek jou een of ander tyd bel?"

"Wel, jy beter! Ernstig, doen. Ek is dalk nie altyd beskikbaar nie. Maar as ek 'Nee' sê, is dit al wat dit beteken, 'Nee vir daardie aand of gebeurtenis' en nie 'Nee, ek sal nie saam met uitgaan nie. jy.'" Sy staan en grinnik. "Boonop, jou sosiale lewe gaan optel sodra ek die woord uitlaat oor watter stoet jy is." Sy buk en soen hom weer. "Belowe!"

Op pad terug na haar kamer stap sy verby George in die gang. Albei het vir mekaar geglimlag maar nie een het opgehou nie. Andrea sluit die kamerdeur oop, stop en giggel oor die gesig voor haar.

Julia het haar gesig na onder op die bed uitgesprei, heeltemal naak. Toe die deur toeklik, sonder om haar kop op te lig, het sy gemompel: "Nie weer George nie. Ek moet bietjie slaap."

Andrea het gegiggel, na haar kamermaat gestap en haar vriendin op haar oulike, stywe gat geklap. "Word wakker! Dit is amper 10 uur en ons sal voor 11 moet uitklok."

" Neeeeeeeeeeeeeeeeeeeeeeeeeeeeer ," huil Julia, rol om en gooi haar arm oor haar oë.

Andrea gryp haar vriend aan die enkels en trek haar van die bed af. Julia het die vloer getref en dadelik probeer om terug op die matras te kruip. Andrea skud haar kop en gryp Julia om die middel. Dikwels, in die privaatheid van hul koshuiskamer, het dit tot intieme pret gelei, maar vandag dwelm die langer meisie net die ander een na die stort, druk haar in en draai die water aan. Koud.

Nadat die geskree bedaar het, het Julia die water aangepas en ontspan onder die strelende warmte van die stroompie. Sy het onwillig uitgeklim en afgedroog. Sy strompel na die bed, haal vars klere uit haar sak en trek aan.

## KAMERMAATS: BABA-OPPASSER 23

"Jy lyk of jy baie lekker gekuier het," terg Andrea haar kamermaat terwyl hulle hul besittings optel en afgaan om uit te gaan. Julia staar terug na Andrea deur bloedbelope oë. Toe hulle by die motor kom, het die korter meisie op die agtersitplek geklim en opgekrul. "Moenie my wakker maak voordat ons terug is by die kampus nie." Andrea draai en kyk oor haar skouer. "Dit klink nie eens of 'Very Good' naby kom nie."

"My God," mompel die swartkopmeisie. "George het dalk nie veel gehad nie, heck, ENIGE oefening met enigiets behalwe sy vuis voorheen, maar goeie heer hy leer vinnig. Enige iets wat ek hom gewys het het hy twee keer, drie keer gedoen as dit vir ons albei goed gevoel het. En hy kan amper poes eet so goed as wat jy kan. As hy na die gradeplegtigheid beskikbaar is, sal ek dalk net met hom trou. Bly nou stil en laat my slaap."

Andrea giggel. Sy het die truspieël verstel en met liefde na haar vriendin gekyk voordat sy die motor begin en by die parkeerterrein uittrek. Toe sy die spieël na die regte posisie terugstel om te bestuur, het 'n skielike geluid van die agtersitplek haar amper laat spring.

Andrea skud haar kop in verwondering. Julia het gesnork.

# GRADEGESKENK

# KAMERMAATS: BABA-OPPASSER 25

Andrea Martin het teen die dun voordeur van die sleepwa geslaan, dit 'n kraak opgetrek en geroep "Is jy ordentlik?"

"Wel," kom 'n manstem, "ons is in elk geval aangetrek."

Grinnikend kom die donkerkop ingevaar.

"Hallo, Andrea. Jy is net betyds vir middagete," sê Scott White, 'n skraal blonde ou in sy vroeë twintigs.

"Met die voorwaarde dat jy dit kook, natuurlik." het Jerry Carter bygevoeg, die donkerder, swaar gesette mannetjie wat op die rusbank sit. Andrea rol haar oë en kyk met liefde na die twee. Albei was goeie vriende en mede-teaterstudente. Scott het in klank en beligting gespesialiseer, terwyl Jerry die hoof- timmerman en stel konstruksie toesighouer was. Albei was seniors en het hul kursuswerk en eksamens voltooi. Oor twee dae, Sondagmiddag, sou hulle gradueer.

"Is daar enigiets daar behalwe bier en oorblywende pizza?" vra Andrea toe sy die kombuisarea binnegaan, terwyl sy na die yskas wys.

" Eintlik dink ek daar is," het Scott geantwoord.

Andrea het die deur oopgemaak en in gekyk. Tot haar verbasing het sy alles gekry wat sy nodig gehad het om verskeie maaltye te kook. Sy het op Hoender Parmesaan besluit. Sy het die tennisskoene wat sy aangehad het uitgetrek, kookware bymekaargemaak en deur die kaste gesoek vir speserye.

"Nou dat ek daarvan hou om te sien," terg Jerry. "Kaalvoet en in die kombuis." Andrea kyk oor haar skouer terwyl sy strek om die paprika te bereik en maak 'n onbeskofte geluid vir hom.

"Dit moet regtig paprika wees," het sy aangekondig, "en nie pot nie. As niks anders nie, is julle almal te naby aan die gradeplegtigheid om nou vasgevang te word."

"Kruis my hart," belowe Jerry. "Al wat ons het, is bier en 'n paar bottels wyn."

"Goed," antwoord Andrea. Sy het besig geraak, maar haar gedagtes het gedwaal terwyl haar hande op hul eie funksioneer. Dit was interessant. Jerry het na haar bene gekyk toe hy daardie opmerking

## 26 ERIKA SANDERS

gemaak het. Sy het gewonder hoekom. Hy en sy meisie Nicole het die afgelope twee jaar uitgegaan en hy het nog nooit werklike belangstelling in iemand anders getoon nie. Nou Scott, haar lippe krul in 'n grynslag. Scott en sy het soveel pret gehad om mekaar te flankeer en te terg dat hulle 'n gereelde roetine ontwikkel het wat sy nog nooit daaraan gedink het om te steur deur werklik met hom uit te gaan nie, nog minder om saam met hom te gaan slaap.

"Waar is Julia?" Scott se woorde het in haar gedagtes ingebreek.

"Sy is weg met die bofbalspan, streekkampioenskappe," het sy gesê. Haar gedagte verskuif na haar donkerkop kamermaat en die effense glimlag wat haar lippe ruk, het verbreed.

"Mis haar, huh?"

Andrea het eerder na Jerry gekyk. Dat sy en haar kamermaat baie na aan mekaar was, BAIE naby was inderdaad nie juis 'n geheim nie, maar dit was ook nie iets wat hulle gepronk het nie. Hulle het albei 'n vol en gevarieerde sosiale lewe gelei en baie uitgegaan. Dat een van hulle af en toe nader kan kom as wat algemeen aanvaar word vir 'n ander vrou, en dikwels aan mekaar in die privaatheid van hul koshuiskamer, was iets wat sy nie gedink het openbare kennis was nie.

'n Kykie na Jerry het niks anders as terloopse belangstelling geopenbaar nie. Andrea het besluit hy bedoel bloot wat hy gesê het.

Ja, niemand om snags voor te raas nie en niemand om my te laat studeer wanneer ek liewer wil goor nie. Maar sy sal Dinsdag terug wees." Sy het die onderwerp verander. "Praat daarvan, waar is Nicole? Ek het haar vir 'n paar weke nie gesien nie."

Daar was 'n stilte lank genoeg vir Andrea om te besef dat iets fout is, selfs voordat jerry in 'n lae stem gesê het "Ons het opgebreek."

"O gosh, ek is so jammer Jerry." Andrea huiwer en dink daaraan om vir Jerry te vra of hy daaroor wil praat. Sy het besluit 'n drierigtinggesprek is nie die manier om daaroor te gaan nie. Jerry se klipperige gesig het dit in elk geval verhinder om te vra, ten minste vir nou.

## KAMERMAATS: BABA-OPPASSER 27

Dinge het stil gebly totdat die kos klaar was en die drie van hulle geëet het. Die ouens was skottelgoed terwyl Andrea ontspan in 'n oorvol gemakstoel, haar voete krul onder haar. Nadat die kombuis skoongemaak is, het 'n operasie wat Andrea opgemerk het wat die twee ouens twee keer so lank geneem het as wat dit haar alleen sou geneem het, hulleself op die rusbank neergesit het.

" So enige planne vir jou laaste naweek van universiteit.

"Nee," sê Scott, terwyl hy terugsak teen die kussings. "Ek dink ons sal net ontspan en hier kuier." Sy oë ontmoet Andrea s'n en sy lees die onuitgesproke woorde. Jerry het niks gevoel nie en aangesien sy vriend Scott bereid was om enige aktiwiteite te laat staan om by hom te bly. Sy het daarvan gehou. Dit het 'n diepte van vriendskap tussen twee ouens getoon wat Andrea nog altyd as twee baie oulike ouens beskou het.

Ook nogal mooi, albei van hulle. Jerry was gespierd en die donker hare wat sy arms bedek en van die bokant van sy hemp af loer, het hom nog altyd die lug van 'n groot, gelukkige beer gegee. En Scott, wel, hy het skraal en skraal voorgekom, en het altyd 'n onskuldige kyk in daardie helderblou oë gehad wat meer as een wyfie van Andrea se kennis ingelok het. Maar Andrea het self nog altyd die onheil agter daardie oë sien dans. Nie kwaadwillig nie, Scott was 'n te goeie ou daarvoor, maar 'n duiweltjie wat beloftes gespreek het aan enigiemand wat dit sou sien en hom sou opneem.

'n Verrassende, roekelose gevoel het oor Andrea gekom. Sy laat sak haar kop en hoop die duiwel in haar eie groen oë is nie opgemerk nie. Sy staan op en loop oor na die rusbank.

"Jy weet," merk sy terloops op en staan tussen hul uitgesteekte bene. "Ek het amper jou gradeplegtigheid vergeet."

"Het jy vir ons 'n geskenk gekry?" sê Scott verbaas.

"Jy hoef dit nie te doen nie," het Jerry bygevoeg.

"Ek weet, maar ek wou. Nou dan, dis ' n verrassing, so julle moet julle oë toemaak. Gaan aan," het sy aangespoor en gelag terwyl sy dit gedoen het oor die skielike onsekerheid in albei hul gesigte, "Dit het gewen. byt jou nie."

"Goed," sê Jerry en maak gehoorsaam sy oë. Andrea tik op haar kaalvoet.

"Al die pad Scott, ek sien jou loer."

" Nee , ek is nie," protesteer die sagte, onskuldige stem wat by sy gesig pas, en het die afgelope vier jaar 'n aantal meisies saam met hom in die bed gelok.

"Scott!"

"Oukei, oukei. Gesh ," mompel hy terwyl hy sy oë styf vasdraai.

Na 'n vinnige bevestiging dat Jerry sy voorbeeld gevolg het, het Andrea gebewe. Kon sy dit doen? Dit was 'n skielike impuls, 'n gedagte wat pas by haar opgekom het. Toe gooi sy versigtigheid na die winde. Hoekom nie? In een vinnige beweging trek sy haar t-hemp oor haar kop en gooi dit op die stoel waar sy gesit het. Haar afgesnyde jeans kortbroek en broekie het gevolg. Sedert sy haar skoene voor middagete uitgetrek het, was daardie drie items al wat sy aangehad het.

Andrea smoor 'n giggel toe sy afkyk na haar twee vriende. Hulle het soos klein seuntjies gelyk wat op 'n stukkie verjaardagkoek gewag het. Wel, sy het haar hande oor haar skraal atletiese lyf gegooi, hulle was op die punt om 'n stukkie van iets reg te kry.

Sy sak op haar knieë tussen die twee pare uitgestrekte bene en leun vorentoe. Sy haal diep asem en met 'n grynslag op haar gesig wat van oor tot oor gaan, steek sy haar hand uit en gryp beide ouens stewig reg tussen hul bene vas.

Die resultaat was alles waarop sy kon hoop. Albei stelle oë het van verbasing oopgespring. Albei ouens kyk na haar, kniel naak tussen hulle en hul oë het soos pierings lyk.

"ANDREA!"

"Goed, ouens, luister julle?" Twee koppe het op en af gedobber. Andrea het gehoop hulle luister, die bulte het al genoeg opgeswel dat, in

## KAMERMAATS: BABA-OPPASSER 29

plaas daarvan dat haar hande rus waar hulle geland het, haar vingers nou sirkels om twee groeiende hardons vorm .

"Aangesien julle almal aan niks beplan het nie, kom ons beplan net om vir die volgende agt-en-veertig uur hier te bly." Die bulte het Jerry se jeans en Scott se kortbroek nou gespanne. "Gedurende daardie tyd, wanneer jy my wil hê, hoe jy my ook al wil hê, kan jy my hê, ek is joune." Twee koppe knik saam asof dit spieëlbeelde is en sy kon nie anders as om te giggel nie. "Nou dan, wie is eerste?"

Scott gee haar sy kenmerkende glimlag en knipoog. Toe staan hy op. Hy beweeg na Andrea, raak aan haar skouer en draai haar na Jerry.

"Hy is."

Andrea kyk op na Jerry en knipoog om die beurt. Haar vingers het die rits van sy jeans gevang en dit afgetrek. Terselfdertyd leun sy vorentoe en maak sy gordel los. 'n Vinnige trek aan sy onderklere en sy piel het losgespring, net om dadelik tussen Andrea se lippe en in haar mond te verdwyn. Sy het haar met haar hande weerskante van hom vasgemaak en haar kop begin pomp.

Eers het sy skaars beweeg. Elke bob het 'n bietjie verder gegaan voordat sy teruggekom het, net die kop in haar lippe gehou. Elke keer as sy opstaan, gly haar tong oor die gladheid van die helm en kielie die spleet. Toe gaan sy weer af. En weer. En weer.

Opsetlik terwyl sy besig was om Jerry se haan te suig, het sy amper 'n veerligte aanraking tussen haar eie bene gemis. Vir 'n oomblik het sy dit afgemaak as 'n produk van haar verbeelding, teweeggebring deur haar eie opwinding. Toe het die aanraking meer uitgespreek. Haar oë rek toe sy besef dat dit Scott moet wees.

Sy het geskrik. Dit was beslis 'n tong wat eers die binnekant van die een bobeen op en af streel en dan die ander. Hy het vermy om eintlik aan haar poes te raak. In plaas daarvan het hy haar bene gelek, die plooie nagespeur waar haar onderkant begin het, en toe teen die agterkant van haar bene afgewerk.

'n Kreun van protes van Jerry het haar aandag na hom teruggebring en sy het weer aan sy piel begin suig. Sy hande was nou op haar kop, net daar, het geen poging aangewend om haar af te druk nie, maar sy kon steeds die dringendheid in hulle voel terwyl hulle teen haar hare bewe. Sy het in een vinnige beweging heeltemal op hom afgegaan en haar gesig op hom begrawe totdat sy nie verder kon gaan nie.

Andrea het die suiging van haar mond op Jerry se haan verhoog. Sy rol haar kop om, voel hoe die geswelde kop teen die agterkant van haar mond vryf. Sy haan was geen monster nie, maar dit het haar mond baie mooi gevul en teen die opening van haar keel gesteek. En Scott, o god, sy tong was nou tussen haar bene en hy streel oor haar oop spleet. Sy druk haar heupe terug teen hom en sy tong het haar binnegedring.

Haar kop bons nou amper op Jerry. Sy trek die greep van haar mond op sy gladde skag styf en hoor hoe hy goedkeurend kreun. Sy hande het agter op haar kop gery en sy heupe het van die rusbank na haar begin lig. Scott se tong het haar klit en een gevind, toe kom twee vingers haar binne. Hulle het in haar gepomp in dieselfde ritme as wat haar kop teen die nou swelende haan gedobber het. Sy kreun en die bevrediging in haar gedempte stem moes die laaste druk vir Jerry gewees het.

Vir die eerste keer het sy hande haar kop op sy haan afgedruk. Die eerste stormloop het haar mond gevul en sy het gesluk om nie te verdrink nie. Hy het voortgegaan om te kom, die warm vloeistof loop in haar keel af. Wel, sy was in elk geval van plan om dit te sluk, maar heilige koei, Nicole en hy was seker al langer as 'n paar weke op die uitspring, ten minste seksueel . Sy het geweldig gesukkel om tred te hou met die vloed, al het haar eie lyf begin ruk onder Scott se aanraking.

Jerry het beweeg en skielik was hy weg. Andrea maak haar oë oop en knip haar oë. Waar het hy gegaan? Toe was twee stewige arms om haar en sy is na die rusbank opgelig en versigtig op haar rug neergesit. Hande sprei haar bene en Scott het bo-op haar gegly. Met een vloeiende beweging het sy heupe vorentoe gedruk en sy piel het haar binnegekom.

## KAMERMAATS: BABA-OPPASSER 31

Soos Jerry was Scott geen monster nie, maar hy het haar mooi gevul en dit was al wat sy ooit gevra het. En hoe langer hy in haar was, hoe meer het sy gedink hy verdien sy gefluisterde reputasie. Scott het sy hele liggaam op haar gebruik. Hy het sy heupe geskuif en die spoed, die diepte en die hoek van sy houe verander. Sy gladde bors vryf heen en weer oor haar borste en prikkel die tepels. Sy mond dartel hier en daar, knibbel nou aan haar skouer, lek nou aan die kant van haar nek en hardloop tot by haar oor.

Andrea se liggaam het gereageer en sy het teen Scott begin terugbeweeg. Sy het sy oorlel in haar lippe gevang en haar arms het hom teen haar gehou, al het sy eie arms om haar gegly. Sy heupe het nou gepomp, steeds rondgeskuif soos hy vinniger en vinniger gegaan het, en sy harde piel in haar gedompel het. Sy span haar voete vas en gebruik die krag van haar hardloper se bene om hom elke keer te ontmoet. Sy voel hoe hy swel en weet hy is op die randjie. 'n Vinnige opskudding en haar bene sluit om hom. druk hom teen haar en in haar vas terwyl hy diep in haar binnegekom het, en haar poesie oorstroom met sy warm kom.

Nadat die naweek met 'n knal afgeskop het, het die knalle vir die res van die tyd aangehou. Andrea het Vrydag weer liefde met elkeen van hulle gemaak. Albei kere was vanilla, ou boonop, maar pret. Hulle het dit Saterdagoggend 'n bietjie opgeskop toe Scott gevind het dat Andrea ontbyt kook terwyl hy niks meer as een van sy t-hemde aangehad het nie. Ontbyt moes wag terwyl hy haar bo-op die tafel hys en die skottelgoed strooi terwyl hy 'n enkel in elke hand vashou. Jerry het haar gevang waar sy oor die arm van die rusbank buk en voor sy dit geweet het was haar kortbroek af en sy was ver gebuig toe hy haar van agter af inkom. Nie dat sy daaraan gesteur het nie.

Saterdagaand het sy en Scott saam gestort. Teen hierdie tyd het sy 'n bietjie sag geword, so sy het gekniel en hom 'n blow job gegee terwyl die warm water langs hul lywe afloop. Sy het die eerste nag in Scott se kamer deurgebring, sy het Saterdagaand in Jerry's deurgebring. Hierdie keer het sy bo geklim en hulle albei tot klimaks gebring terwyl sy kragtig op sy stywe skag bons.

Toe sy die Sondagoggend wakker word, het sy haar lyf eksperimenteel gebuig. Wel, sy giggel by haarself, al die ure op die baan; die strek, die sit-ups, die rondtes wat elke week hardloop het vrugte afgewerp. Sy kan steeds beweeg, alhoewel sy twyfel of sy nog 'n volle dag kan gaan soos die vorige een was. Maar die gradeplegtigheid was net na middagete en sy was nog steeds gereed om haarself vanoggend te geniet.

'n Sagte hand het haar omgerol om Jerry in die gesig te staar. Hy soen haar, glimlag en streel haar gesig. "Ek moet sê, selfs al kry ek 'n sportmotor van my ouers en 'n reis na Europa, gaan dit nie ooreenstem met wat jy vir my gegee het, gegewe ONS nie."

Andrea bloos amper. Sy lig haar gesig na hom en soen hom. "So," het sy geglimlag, "Beteken dit jy is sonder energie?" Sy kyk na die horlosie op die kleedkamer. "Beplan jy om te knuffel totdat dit tyd is om te gaan?"

"O nee." Jerry trek Andrea bo-op hom af. "Jy kom nie weg met ' n eindstryd wat vir jare onthou sal word nie."

"Waar is Scott?" Andrea kyk na die deur.

"Hy sal saam wees."

Andrea het weer oor Jerry gery en voel hoe sy piel nog een keer teen die binnekant van haar bobeen opkom. Sy piel het langs haar oop spleet gegly, heen en weer gegly, wat haar kans gegee het om weer nat te word en hom ook behoorlik te laat smeer. Sy het haar hande op haar heupe vasgemaak en haarself opgelig en verwag dat hy homself in haar sou lei.

Hy het, maar terselfdertyd het hy haar verras. Toe hy haar binnekom, het Jerry haar aan die skouers gevang en haar na hom toe afgetrek. Terwyl hy haar soen, hou hy haar bolyf teen syne. "Nou toe," fluister hy toe sy mond hare loslaat," Jy het gewonder waar Scott is. Wel, hy is net hier." Die bed kraak en skuif onder hulle in. Andrea het probeer om haar kop te draai terwyl sy voel hoe iemand agter haar beweeg, maar Jerry hou haar styf vas.

## KAMERMAATS: BABA-OPPASSER 33

Twee ferm hande vryf oor haar stywe boude, lig nou effens die lug in. Hulle streel oor haar wange, dan glip een tussen hulle in en skei hulle. Sy ril van verbasing toe sy 'n koel nattigheid in haar kloof voel. Toe begin 'n vinger daardie nattigheid teen haar ander gaatjie masseer. Sy het 'n bietjie vinniger teen Jerry beweeg, sy piel het steeds haar poesie vol soos die sagte druk op haar anale ring haar laat swig en Scott se vinger in haar gat ingaan.

"O god," hyg Andrea toe Scott sy vinger in haar begin draai, haar smeer en haar saggies rek terwyl hy in en uit pomp. 'n Poging van haar om haar wieg op Jerry te versnel, is stilgemaak deur die man se stewige greep op haar skouers.

"Nee, nee, moenie jaag nie. Ek kom nie voor ons albei in jou is nie."

Scott het oor haar geleun en in haar ander oor gefluister. "Andrea, ons wil jou so hê, tussen ons, Jerry in jou poes en ek in jou gat. Ons weet jy het gesê soos ons jou wou hê, maar ons sal jou nie daaraan hou nie, hieraan, as jy nie wil hê nie. Nooit sou een van ons jou dwing om iets ongemakliks te doen of enigiets wat jy nie wou doen nie."

Andrea was besig om wild te word. Nie in staat om te beweeg, om op Jerry se piel te krul of op daardie wonderlike vinger wat haar gat verken nie, kon sy net kreun: "Om God se ontwil, Scott, moenie my terg nie. Vat my!"

"Terg jou? Hoekom sal ek dit nooit doen nie." Die eensame vinger het in haar bly wikkel. Nog lube het daarteen gedrup en in haar ingewerk. Toe is die vinger weg en sy voel hoe die kop van Scott se haan dit vervang. Sy hande hardloop op en af op haar rug en masseer haar, al het hy versigtig teen haar gedruk. Ten spyte van haar vokale ongeduld en haar pogings om terug op hom te wieg, pogings wat deur vier bestendige hande gedwarsboom is, het Scott baie stadig in haar gat ingewerk. Selfs nadat die kop heeltemal in was en hy besig was om die lengte van sy skag in haar te laat sak, het hy bietjie vir bietjie gegaan en sy gewig toegelaat om die werk te doen, eerder as om sy heupe te gebruik. Maar uiteindelik voel Andrea hoe sy lies teen haar gatwange tot rus kom.

# 34 ERIKA SANDERS

Sy het in haar twintig jaar nog nooit so ongelooflik vervul gevoel nie. Dit was geensins haar eerste ervaring met anale seks nie, maar nog nooit tevore is sy verdubbel nie. Albei hane het in haar gespanne. Sy kon voel hoe hulle amper in haar binneste raak.

"Andrea?" Scott se stem streel haar.

"JA!, " het sy daarin geslaag om terug te stik.

"Nou is ons klaar met terg. NOU gaan ons jou naai."

Scott, op sy knieë agter haar vasgespan, sy hande om haar heupe vas te hou, begin beweeg. Asof 'n sein deurgegee is, het Jerry haar met sy heupe en sterk bene in die lug begin lig en haar elke keer terug op Scott gedruk. Daardie selfde beweging het haar op en af op sy eie piel laat bons. Sy hande was op die voorkant van haar heupe, wat haar opdwing selfs toe Scott afry.

Vir 'n oomblik het albei ouens vertraag en daar was 'n fluisterende konsultasie dat Andrea, al was sy tussen hulle, te verlore was in die sensasies wat haar liggaam voel om te verstaan. Toe rol hulle drie eenkant toe, Scott en Jerry het nooit hul penetrasie van haar liggaam verloor nie.

"Dis beter," hyg Jerry. "Ek kon vir 'n oomblik skaars daar asemhaal."

Hande gevang by Andrea se bobeen en lig dit in die lug. Daar was 'n oomblik van verwarring toe die ouens hul ritme aangepas het en toe gaan hulle kyk of hulle Andrea tussen hulle kan druk. Hane het uit haar lyf gegly totdat net die koppe nog in haar was, toe is hulle terug in haar geslaan. Diep, harde stote het haar gevul en die dun vleismuur tussen hulle was al wat hulle daarvan weerhou het om te ontmoet.

Jerry se hande omring haar en gryp haar gat vas. Scott se hande omvou haar borste. Albei het hul houvas op haar lyf gebruik as hefboom om hul pikke volledig in haar te begrawe, en haar liggaam tussen hulle op teen die bed gedruk asof sy die vulsel in 'n tandepastabuis was. Toe het hul greep haar teruggebring en haar voorberei vir die volgende gelyktydige penetrasie.

Andrea het gekom. Sy het in 'n wilde gejaag gekom en haar goedkeuring uitgespreek oor wat haar vriende doen. Hulle het nooit

# KAMERMAATS: BABA-OPPASSER 35

vertraag nie. Die haan in haar poes, die haan in haar gat, die twee van hulle wat in haar geslaan het, het haar regop teen die muur gedryf. Sy het geskree, sy het met haar vrye hand op Jerry se rug gestamp, sy het 'n tweede orgasme gekry. Die wêreld het vernou tot net die twee ouens wat haar toebroodjie en wat hulle aan haar doen. Elke keer as Jerry se haan genoeg onttrek het, het 'n vloed van haar nattigheid uit haar gestroom.

Dit kon net so lank hou. Selfs met al die seks wat die ouens oor die afgelope agt-en-veertig uur gehad het, het hulle hul limiet bereik. Jerry het eerste gekom en haar heupe vasgegryp in 'n greep wat kneusplekke kon gelaat het as hy nie genoeg beheer behou het om dit los te laat nie, selfs al het hy homself in haar leeggemaak. Scott het later begin, maar die styfheid van haar anale ring en die druk wat haar gatspiere op sy piel gesit het, het sy skubbe laat kantel en sy was gevul met nat klewerigheid van agter sowel as voor.

Andrea het haar oë toegemaak terwyl albei ouens wat versagtende hane van haar afgetrek het en hulle naby haar gekruip het. Sy het net bedoel om daardie oë vir 'n oomblik toe te maak, maar toe sy dit oopmaak, het die horlosie op die dressoir vir haar gesê dit is ure later.

"Staan op, staan op!" Andrea bult regop tussen hulle uit. "Julle moet almal stort en aantrek." Sy draai eers een kant toe en toe die ander kant toe, en rol elkeen om die beurt uit die bed en op die vloer.

Aktiwiteit skaars minder wild as die res van die naweek het gevolg. Albei opkomende gegradueerdes het daarin geslaag om inderhaas skoon te maak, hul klere aan te trek en vir hul motors te hardloop. Daar was skaars tyd vir 'n paar haastige soene, want die ouens, wat albei taamlik boogbeen loop, kampus toe.

Andrea het teruggegaan na die slaapkamers en begin om die lakens van die beddens af te stroop. Sy het hulle in 'n groot wasgoedsak gegooi en dit in die kattebak van haar motor gesit. Toe, voordat sy na die wassery gaan, het sy tyd geneem vir 'n baie lang, baie warm, baie strelende stort. Dit was immers nie net Jerry en Scott wat geloop het asof hulle die hele naweek lank gery is nie.

# VAKANSIEDAE

## KAMERMAATS: BABA-OPPASSER 37

Andrea Martin wikkel slaperig teen die warm lyf waarteen sy gekruip was. Sy gaap en begin iets vir haar kamermaat Julia Carraux prewel oor wat hulle ook al gisteraand gedoen het toe sy iets besef. Die lyf waarteen sy gelê het, was beslis vroulik. Die onderkant wat in haar middel gedruk is, was egter aansienlik meer afgerond en sagter as haar kamermaat se strak cheerleader se boude. Julia se borste was beskeie, baie soos haar eie. Die ruim bol wat sy in haar hand bak gehou het, was baie groter as die een wat sy gereeld wakker gehou het.

Andrea lig haarself op haar elmboog op en kyk af na die liggaam wat langs haar geleë is. "Beslis NIE Julia nie," dink sy. Sy skud haar kop. Niks het geratel nie. Daarom was sy waarskynlik nie gehang nie, net slaperig. Sy bestudeer die kamer sowel as die slapende liggaam langs haar.

Goed, dinge het teruggekom, in kristalhelderheid eintlik. Dit was die huis van haar vriend Eric, wat haar genooi het om die lentevakansie saam met hom deur te bring. En daarom was hierdie ouer vrou wat saam met haar in die bed was Eric se ma, Helen.

Ag goeiste. O MY. O MY. Hoe het sy in so 'n situasie beland? Haar gedagtes het sowat twee weke gelede teruggevlug na 'n paar gemaklike stoele in die boonste sitkamer van die universiteitstudente-unie.

"Wat gaan jy dan doen?" vra haar roomie. Die tenger raafhaarmeisie het haar voete onder haar ingesteek en 'n prentjie aangebied wat Andrea gedink het nie net ongelooflik oulik is nie, maar amper onweerstaanbaar sexy. Wel, daardie gedagte kan wag totdat hulle terug in hul kamer is.

"Ek weet nie, Julia. Met my ouers aan die ander kant van die wêreld met my Pa se nuwe opdrag, sien ek regtig nie om huis toe te gaan om by my tannie en oom te bly nie. En ek waardeer jou aanbod so, maar ek het nie die geld vir 'n vliegtuigkaartjie na Kanada by jou nie en moet asseblief nie vir my sê jou mense sal daarvoor betaal nie. Ek hou baie van hulle en ek weet hulle kan dit bekostig, maar nee."

Andrea trek sy skouers op. "Dieselfde geld vir 'n reis na die strand. Ek moet my geld spaar. Ek sal net hier bly."

"En doen wat?" vra Julia en gee die argument stilweg aan die langer meisie toe.

"Ek kan dalk net studeer, soos 'n sekere wiskunde hoofvak my herinner dat ek meer gereeld moet doen. Ek twyfel of dit my sal doodmaak, as ek aanvaar dat ek dit nie oordoen nie."

Die twee meisies het gelag en die gesprek verskuif. Verbasend vir Andrea egter, 'n paar uur later het 'n mansvriend haar genader.

"Andrea?"

"Hallo Eric. Ja?"

"Ek hoop nie jy sal dink ek het afgeluister nie, maar ek het jou en Julia hoor praat oor Lentevakansie en jou verblyf hier by die skool. Ek het gewonder of jy saam met my en Irene wil huis toe kom?"

Andrea was verbaas. Sy het Eric en sy jarelange vriendin Irene geken, maar eerder terloops. Hulle was vriende, maar nie so na aan mekaar dat die uitnodiging haar nie onkant betrap het nie. Sy het gewonder hoekom hy sou vra.

Die verwarring moes op haar gesig vertoon gewees het, want Eric het vinnig bygevoeg: "Oukei, dis nie heeltemal onselfsugtig nie. Irene gaan saam met my huis toe, en wel, ons wil die meeste van die tyd saam daar deurbring. ALLEEN saam. Ek het gedink miskien jy kan dalk help om my ma geselskap te hou. Ek weet dit klink nogal taai, maar sy was redelik eensaam vandat sy en my pa geskei is en ek het gedink dit sal haar opbeur om bietjie geselskap te hê. Dit sal haar goed doen om iemand vrolik en opgewek te hê rond." Hy het gehuiwer en gelag. "O golly, dit klink asof ek jou probeer kry om 'n metgesel te wees of iets. Regtig, ek is nie. Ek dink net nie jy moet die pouse hier deurbring nie. As jy dit nie tref nie. weg met my ma, jy is beslis vry om enigiets te doen wat jy wil." Hy het stilgebly. "Maak ek die geringste sin hier of kom ek as 'n moroon voor?"

"Miskien al die bogenoemde," antwoord Andrea. "Maar fok, ek wil regtig nie hier bly nie. Ek ken julle. Miskien sal ek en jou ma beroemd oor die weg kom."

## KAMERMAATS: BABA-OPPASSER 39

Soos dit geblyk het, het Andrea en Eric se ma, Helen, met die eerste oogopslag van mekaar gehou. Helen was omtrent Andrea se lengte, met skouerlengte rooi hare en blou oë. Haar lyf was swaarder as Andrea s'n, met voller borste en geronde heupe. Andrea het gedink die ekstra ponde wat die ouer vrou se raam gedra het, was wonderlik, wat haar ruim rondings gee. Trouens, die universiteitsbesoeker het gedink Eric se ma was nie net redelik aantreklik nie, maar eintlik sexy.

Natuurlik het Andrea geen gedagtes gehad om daardie gedagtes op te volg nie, dit was bloot 'n waarneming. Mens is immers eenvoudig nie genooi om vir 'n week by 'n vriend se huis te bly en begin deur by sy ma 'n kaart te maak nie. Maar dit het wel gelyk asof dit lekker gaan wees om Helen as 'n vriendin te hê. Andrea het belowe om die meeste daarvan te maak, soos sy gewoonlik met die meeste situasies gedoen het.

Getrou aan sy woorde was Eric en Irene selde in sig. Hulle het wel probeer om ten minste een verskyning per dag te maak, maar Andrea en Helen het hulself die meeste van die tyd alleen saam bevind. Andrea het Helen alles oor haarself vertel, wel, die publieke besonderhede in elk geval. Sy het wel haar slaapreëling met haar kamermaat uitgelaat, eintlik feitlik al haar aktiewe sekslewe, maar veral die deel oor om van ander wyfies te hou.

Op haar beurt het Helen 'n bietjie oor haarself gepraat, behalwe dat sy weggeskram het om Eric se pa en die egskeiding te bespreek. Andrea het besef die skeuring het nie so lank gelede plaasgevind nie en was blykbaar nie besonder vriendelik nie. Helen het gebieg dat sy nie probeer het om weer die afspraakwêreld te betree nie, omdat sy onseker was van haarself en inderdaad hoe om voort te gaan, dit was amper 20 jaar sedert sy enkellopend was. Sy het wel erken dat sy 'n keer of twee uitgevra is, maar het tot dusver geweier.

Andrea het gedink dis seker moeilik om weer in die swaai van dinge te kom, maar wat Helen se gevoel betref dat sy nie mooi is nie, wel, dink Andrea, dit was simpel. Helen was BAIE aantreklik. En wenslik. Wat sy

40 ERIKA SANDERS

nodig het, het Andrea besluit, was 'n nuwe klerekas, 'n make-over en 'n skoot selfvertroue.

Die twee vroue het sedert die heel eerste dag van Andrea se besoek af en aan saam inkopies gedoen, maar hierdie dag toe hulle die winkelsentrum in die middestad besoek het, het Andrea alles gegaan. Sy bedwelm Helen van een winkel na 'n ander en koop nuwe klere. Sy het haar ouer vriend na die haarkapper gebring en meer as 'n uur by die skoonheidsmiddeltoonbank deurgebring. Helen het probeer om elke tree van die pad te protesteer, maar Andrea kon sê die ouer vrou was verheug oor die resultate.

"Andrea. Ek kan dit nie glo nie, maar ek is al uitgekoop," het Helen gelag. Albei vroue het sakke vasgegryp met nuwe aankope, meestal vir Helen.

"Helen, ek weet, maar ek sien nog een plek waar ons moet gaan." Om haar optrede by haar woorde te pas, het Andrea Helen se hand gevat en haar na 'n winkel ingetrek wat gespesialiseer het in vroueklere van die meer intieme soort. Helen het geprotesteer, maar taamlik swak, terwyl Andrea haar na die een rak na die ander gelei het op soek na verskillende uitrustings. Aangespoor deur die jonger vrou, het Helen verskeie stelle uiters gewaagde onderklere gekoop en selfs 'n paar sogenaamde "slaapklere" wat bedoel was om alles te doen behalwe om te help om te slaap. Inteendeel, eintlik.

Die twee vroue het huis toe gehaas met hul nuwe skatte, en het boontoe na Helen se slaapkamer gehardloop en die aankope begin uitlê om te bewonder. Andrea het self twee uitrustings uitgesoek wat ver buite haar begroting val, net om Helen te laat aandring om dit vir haar te koop.

"Kom ons probeer 'n paar hiervan," stel Andrea voor. Helen het 'n rukkie getwyfel, net om weer oorheers te word deur Andrea se argument dat as hulle dit nie nou probeer het nie, wanneer sou hulle en wat as hulle die verkeerde groottes was? Helen het oorgegee en die bra- en broekiestel wat Andrea haar aangebied het, geneem en na haar badkamer teruggetrek. Andrea, nie in staat om haarself te weerstaan nie, het vinnig

## KAMERMAATS: BABA-OPPASSER 41

uit haar eie klere geklim en 'n wit loer-nagpak aangetrek wat uit nie veel meer as stukkies kant bestaan het nie en omtrent niks weggesteek het nie.

"Dit pas," kom die oproep uit die badkamer. "Kry vir my 'n ander een om te probeer."

"Ag nee," antwoord Andrea. "Jy kom nie so maklik weg nie. Kom uit en laat my sien."

"Andrea, ek kon nie!"

" Ag kom," antwoord die jong vrou. " Dit is net ons meisies."

"Goed, maar belowe om nie te lag nie."

" Dis 'n ooreenkoms."

Die badkamerdeur het oopgegaan en Helen het uitgekom. Enige gedagtes wat Andrea dalk in haar agterkop van lag gehad het, is dadelik weggevee. Helen se keuse van onderklere was swart, en inderdaad skraps. Andrea kon kykies van haar tepels en die groot bruin aureool deur die bra sien. Die donkerte van Helen se bos was duidelik, met verdwaalde krulle wat uit die stywe broekie ontsnap het. Toe die ouer vrou skaam na die vollengte spieël loop, drink Andrea die gladde bene in, die gesig van Helen se gatwange wat uit die broekie mors. Selfs die sagte ring van daardie ekstra paar ponde om haar middel was eroties. Andrea voel hoe begeerte in haar opkom en sy weet sy wil hierdie vrou hê.

Een bydraende faktor wat die skielike besluit dat dit nou die tyd was, aangevuur het, was die manier waarop die ouer vrou se oë vinnig oor haar gereis het toe sy uit die badkamer kom. Inderdaad, Andrea was seker dat Helen se blik op die verkorte soom van die nagjapie gehang het, wat nie net Andrea se stewige sterk bene vertoon het nie, maar ook nie die wange van haar boude of die donker driehoek tussen haar bene heeltemal bedek het nie.

"Jy lyk pragtig, Helen. Jy doen regtig," haal Andrea asem.

"Ek lyk nogal mooi , nie waar nie?" Helen sit haar hande op haar heupe en draai heen en weer terwyl sy haar weerkaatsing bewonder.

"Weet jy wat jy nodig het?" Andrea het na Helen se kas geskarrel en 'n paar swart hoëhakskoene uit die keuse van skoene daar gepluk. Sy het

# 42 ERIKA SANDERS

hulle teruggebring en voor Helen gekniel. Sy lig eers een been, toe die ander, en help die ouer vrou om haar voete in die skoene te glip. Andrea se vingers het op Helen se enkels en kuite getalm terwyl sy vasberade haar blik afgehou het, wetende dat as sy haar oë tot by die kruising van Helen se bene laat dryf, sal sy alle beheer verloor. Nie dat sy dit nie wou hê nie, maar dit was nie heeltemal tyd daarvoor nie. nog.

"O ja, dit IS lekker!" Het Helen uitgeroep. Sy het haar hande op haar heupe gestut, haar bors 'n bietjie uitgedruk en 'n pose geslaan. Andrea se mond was baie droog. Sy gly kort agter Helen in terwyl die ouer vrou haarself in die spieël bewonder en effens eers links en dan regs draai.

"Jy lyk pragtig," bewonder Andrea.

"Dink jy regtig so?" vra Helen. Hierdie keer het dit egter gelyk of sy die kompliment aanvaar het. Sy frons vir 'n oomblik en probeer om die bra aan te pas. "Dink jy nie ek moet probeer om hierdie rit hoër te hê nie? Druk my bietjie op?" Sy wip 'n bietjie. "Of trek dit dalk af om 'n splyting te wys?"

Andrea het haar geleentheid aangegryp. Sy het reg agter Helen gestap en haar arms om die ander vrou gly en gesels terwyl sy dit doen om die verrassende aanraking van haar hande te verminder. Dit moes gewerk het, want Helen het nooit geskrik nie, selfs al het Andrea se hande op haar maag gerus en haar rug saggies teen die jonger vrou laat sak.

" Hmmmm , ek weet nie." sê Andrea terwyl haar vingers aan die swart kant raak. "Dit lyk wonderlik, maar dalk net 'n bietjie aanpassing. Ek is nie seker nie, kom ons kyk." Sy omhels Helen se borste, haar duime en voorvingers maak sirkels wat aan die donkerbruin tepels raak. "Kom ons probeer om die bra 'n bietjie af te trek, sodat jou tepels amper wys."

Met aandag in die spieël kyk Andrea se blik oor die ouer vrou se liggaam. Teen hierdie tyd het Helen se oë effens ongefokus gelyk. Sy het teruggeleun teen Andrea, wat haar skraal atletiese lyf stadig beweeg teen die volle kurwes wat haar raak. Haar besige vingers vryf die kantrande van die swart bra heen en weer oor Helen se tepels en laat hulle uitstaan. Sagte drukkies onder die dekmantel om die pasvorm aan te pas, het

## KAMERMAATS: BABA-OPPASSER 43

Helen steeds stywer aan haar getrek. Andrea se heupe het nou effens gedruk, asof hulle hul eie verstand het.

Die asemhaling van albei vroue het versnel. Andrea kon Helen se hartklop deur haar handpalm voel en was seker die ouer vrou kon haar eie vinnige pols voel. Sy wou desperaat vir Helen soen, maar was onseker of Eric se ma daardie mees intieme gebare nog sou toelaat, al het haar liggaam teen Andrea s'n begin beweeg. In plaas daarvan het sy stadig agteruit beweeg en Helen saam met haar getrek.

"Waarheen gaan ons?" vra Helen in 'n stem wat amper slaperig en onbesorgd gelyk het.

"Ek vat jou bed toe," antwoord Andrea.

"O." Helen bly vir 'n oomblik stil asof sy sukkel om te verstaan wat Andrea sê voordat sy voortgaan. "Wat gaan ons in die bed doen?"

Nou was die twee vroue op die rand van Helen se bed. Andrea se lippe was reg teen Helen se oor. Haar linkerhand gly terug teen Helen se lyf af, vryf haar maag in plat sirkels, die vingerpunte borsel teen die soom van die swart broekie. Haar regterhand kruip tussen die ronde borste in en speel met die sluiting tussen hulle.

"Ek gaan liefde met jou maak," fluister die jong vrou.

Helen se voorkop frons. "Maar jy is 'n meisie."

"Ja. Het 'n ander meisie jou al ooit gesoen Helen?"

"Geen."

Andrea draai Helen versigtig om om na haar te kyk. Haar regterhand beweeg net 'n klein bietjie laer en masseer die bokant van Helen se heuwel. Sy bring haar lippe na die ouer vrou s'n, borsel hulle saggies voordat sy hul buitelyne met haar tongpunt natrek. Helen sug en Andrea soen haar weer, die punt van haar tong gly vir 'n oomblik in Helen se mond in.

"Nou het jy," sê Andrea sag. Haar vingers het gedraai en Helen se bra laat haar swaar borste los. Andrea trek haar tong langs Helen se kakebeen, tot by die oor om nog 'n keer te fluister.

## ERIKA SANDERS

"Het 'n ander meisie al ooit aan jou borste geraak?" Toe Helen haar kop skud, soen Andrea die ouer vrou se nek, en bedwelm haar tong tot by die twee vol bolle voor haar. Sy neem hulle in haar hande, geniet hulle volheid en druk haar gesig tussen hulle in. Sy soen 'n verstyfde tepel, gly dan haar mond daaroor en drink soveel van Helen se sagte wit bors in as wat sy haar mond kan vul. Sy het dit gesuig, eers saggies, toe harder soos lae kreun van bo af kom. Sy los dit, laat dit amper wegglip voordat sy die nou klipharde knoop in haar tande vang.

Liggies, amper delikaat, byt Andrea vas, die tepel kreukel in haar tande. Nou raak Helen se hande aan haar hare en die gekerm is harder. Die coed het die druk effens verhoog en haar kop net 'n bietjie geskud voordat sy na die ander bors geskiet en haar aksies herhaal.

Terwyl Andrea se lippe besig was, het haar hande nie ledig gebly nie. Haar vingers het oor die ouer vrou se rondings gehardloop, die buitelyne van die vrygewige heupe nagespeur, rondkruip en saggies die volle bodem verken. 'n Soekende vinger het vir 'n oomblik tussen Helen se gatwange geborsel, wat gelei het tot 'n hyg en 'n ruk van daardie selfde heupe toe die vingerpunt 'n oomblik aan die donker geplooide gat geraak het. Toe gly Andrea se hande teen Helen se bene af, selfs toe haar eie knieë begin knyp, net soveel van opgewondenheid as haar verlange om die volgende tree in haar verleiding te neem.

"O God, Andrea," prewel Helen. "Wat doen jy aan my? Jy moet ophou." Maar die woorde is gesê sonder enige werklike oortuiging.

Andrea was nou op haar knieë. Haar vingers terg die sagte kolletjies agter Helen se knieë. Sy soen Helen se maag, toe die deining van haar heuwel voordat sy nog een keer opkyk.

"Helen," fluister sy, haar stem so strelend soos haar handpalms wat die ouer vrou se kuite streel. "Het 'n ander meisie jou al ooit hier gesoen?" Sy plaas 'n sagte, soet soentjie op Helen se swart broekie, reeds klam van sappe, waarvan die geur Andrea duiselig gemaak het.

"Nee, niemand," kreun Helen. "Andrea, dit het te ver gegaan, Moenie, jy moet nie." Hande gedruk teen Andrea se skouers maar sonder

# KAMERMAATS: BABA-OPPASSER                    45

enige krag. Ten spyte van haar woorde het die bene voor haar uitmekaar gegly.

Seëvierend, Andrea se vingers het die bokant van die kort stukkie kant gevang wat haar uiteindelike doelwit bedek. In een vinnige beweging trek sy Helen se broekie oor haar gladde bene af. Nog voor die ouer vrou klaar uit hulle uitstap, het Andrea haar honger mond teen Helen se oproerige krulbos gedruk. Sy bedek die ouer vrou se poes en suig, drink die reeds vloeiende sappe in. Haar ervare tong skei die pofferige skaamlippe en lap vrolik op en af.

Die jong hardloper se hande gryp Helen se volwasse gat vas en dring haar nader. Andrea se tong gly diep binne Helen, rasper in en uit, streel haar syagtige binnemure. Die ouer vrou het haar hande in Andrea se hare gesluit en hard begin buk en haar poesie teen die knielende coed se gesig vryf.

"O God ja. Asseblief Andrea, ag asseblief. Ek het nooit geweet nie, dit voel so goed," hyg Helen toe sy haarself op Andrea se dartelende tong grond. Die jong vrou voel hoe haar nuwe minnaar verstyf word en dan buig. Die vingers in haar hare trek so hard dat dit amper seer was. Andrea het nie omgegee nie, maar het Helen met haar oop mond bedek en gewag vir die vloed wat sy gehoop het om te verskyn. Sy slaan haar tong vinnig teen die nou ontblote klitoris van die vrou wat oor haar staan. Helen het amper gegil toe haar orgasme oor haar kom en sy die oop mond wat aan haar vasgeklem was met haar nektar oorstroom.

Toe Helen ophou bewe, lig sy Andrea op en soen haar. Hierdie soen was nie 'n blote aanraking van lippe en 'n vinnige stukkie tong nie. Helen het Andrea in haar arms toegesluit en die coed diep gesoen, terwyl haar tong die jong vrou se mond verken. Sy trek Andrea terug op die bed en hou haar styf vas.

"O GOD," hyg Helen, toe haar asemhaling na normaal terugkeer. "Dit was so lekker. Ek het so lekker in jou mond geproe. Jy," en sy soen Andrea weer terwyl die jong vrou teen haar volwasse lyf kruip. "Jy is so goed." Haar gesig word vir 'n oomblik nugter, amper streng. Andrea het vir 'n oomblik paniekerig geraak voordat Helen begin giggel, nie in staat om haar grimmige gesig vas te hou nie.

"Jou stout, stout meisie!" Helen spot geskel, haar hand gly by Andrea se rug af en oor die stywe gat daar.' Gaan jy altyd rond en verlei jou gasvrou wanneer jy iewers kuier?"

"Net wanneer sy so lieflik soos jy is," antwoord Andrea met 'n knipoog en 'n glimlag. Om haar optrede by haar woorde te pas, het Andrea bo-op Helen omgerol en die twee vroue het van voor af begin. hierdie keer, tot Andrea se verbasing, het Helen Andrea ferm omgedraai en die twee vroue het in die klassieke nege-en-sestig posisie geval. Helen was 'n bietjie onseker met haar tong, maar met die behoorlike afrigting van Andrea, meestal bestaande uit hyg en kreun van "O ja!" en "God, net daar!", albei vroue het kort voor lank orgasme bereik.

Die nuwe verliefdes het vir die res van Andrea se verblyf in 'n patroon gevestig. Toe Eric en Irene uitgaan, het Andrea en Helen gekuier en gekuier en hande vasgehou. Hulle het mekaar aangetrek en uitgetrek en lang ure saam in die bed deurgebring. Andrea was altyd versigtig om nie in Helen se bed te wees wanneer die dagbreek aanbreek nie, maar was elke aand daar nadat die huishouding stil geword het.

Die laaste middag is die twee vrouens onder die laken ingekruip, ontspan na 'n laaste inkopiegang, en 'n laaste besoek aan die onderklerewinkel. Hulle was besig om te praat, hul vingers het mekaar se liggame ledig nagespoor.

"Ek gaan nie uit nie, nie regtig sedert die egskeiding nie. Ek is immers 'n middeljarige ma wat plek-plek deursak. Wat het ek om te bied?"

"Moenie simpel wees nie," het Andrea gesnap. Die coed het regop in die bed gesit, ongeag van die feit dat die laken van haar bolyf afgeval het. "Jy is 'n baie aantreklike vrou." Sy glimlag. "Jy kan seker wees ek dink so."

"Dankie my skat." Helen glimlag, en knipoog toe terwyl haar palm oor Andrea se ontblote bors borsel. "Ek erken ek voel baie meer seker daaroor."

## KAMERMAATS: BABA-OPPASSER 47

Andrea lag, al het haar tepels op die kort streling gereageer. "Miskien moet jy volgende vakansie vir Eric een van sy ou vriende laat nooi om te bly."

"Ag god, ek kon dit nie doen nie. Wel, miskien. Ek word wel moeg om alleen te slaap, maar ek wil nie iemand se trofee-kerf wees nie, ongeag ouderdom."

"Ek verstaan dit." Andrea het stilgebly. "Helen, ek hoop jy gaan nou begin uitstap in die dating wêreld. Maar, wat in die wêreld het jy gedoen vir, wel, verligting, sedert die egskeiding?"

"Wel," bloos Helen oraloor, 'n kleur wat Andrea gedink het nogal aantreklik was. "Ek, errr , jy sien..." Die ouer vrou het opgehou stamel en 'n nog dieper skakering rooi verander toe sy die nagkassie se laai oopmaak en 'n goeie grootte vleeskleurige dildo verwyder.

"Ek gebruik dit," sê sy en probeer nonchalant klink.

"O my," sê Andrea. Haar oë het geblink. "Ek sien." Sy steek een hand uit. "Mag ek?"

Helen het 'n oomblik gehuiwer en toe vir Andrea die dildo gegee. Die jonger vrou het dit opgelig, dit voor haar oë gehou en dit krities ondersoek.

Mooi werk," het sy waargeneem. "Lewensagtig." Sy steek haar tong uit en lek die sampioenvormige kop. Sy het gemaak of sy die gedempte hyg van verbasing van die ander kant van die bed ignoreer. "Nie so lekker soos die regte ding nie. , maar lekker." Sy neem die kop in haar mond, pomp die plastiekhaan in en uit asof sy 'n blow job gee. Sy verskuif haar posisie totdat sy kniel, haar onderkant rus terug op haar hakke. Haar ander hand het gegly tussen haar bene.

"Mmmmmmm," kreun Andrea om die dildo. Uit die hoek van haar oog kyk sy vir Helen. Die ouer vrou se blik is op Andrea gevestig, heen en weer van die haan in haar mond na die besige vingers wat langs haar oop spleet gly. Helen se knieë trek op. Sy trek een van haar vol borste om en begin streel oor die reeds stywe tepel. Sy reik met haar ander hand af en gly twee vingers in haar binneste in.

## 48 ERIKA SANDERS

Andrea het die dildo van haar lippe losgemaak en dit oor haar lyf laat hardloop. Sy het albei haar kleiner borste gesirkel en die nat punt op albei haar eie tepels gedruk. Oor haar plat maag gly die haan en laat 'n nat spoor. Helen lek haar lippe af terwyl sy kyk hoe die jong vrou die goed gesuigde speelding tussen die skraal bene en dan in haar nuutgevonde jong minnaar se poesie begin vryf.

Andrea het 'n kreun uitgespreek toe sy self inkom. Stadig pomp sy die haan in en uit haar, beweeg elke keer dieper. Helen maak haar oë toe en knyp haar tepel. Haar hand was vaag tussen haar bene, en vryf vinniger en harder langs haar volwasse spleet. Twee vingers het haar opgeswelde klit gevind en dit amper verwoed gemasseer. Haar rug krom, lig haar heupe van die bed af terwyl sy haarself woes afkoel.

Dit was waarvoor Andrea gewag het. In een vinnige beweging pluk sy die dildo uit haar eie poes. Sy leun vorentoe. Bedek Helen se vrye bors met haar mond, selfs toe sy die haan in haar volwasse minnaar se nattigheid gedompel het. Haar arm pomp heen en weer en begrawe die dildo in Helen.

Helen het uitgeroep. Haar heupe het teen Andrea geslaan en getoon dat wat sy ook al gedink het sy dalk verloor het, haar interne spierbeheer net goed was. Sy trek die plastiekhaan styf vas en trek dit amper uit Andrea se hand. Die jong atleet het haar greep herstel en aangehou om Helen se poes te stamp. Sy het haar eie klit aangepas, dit so vinnig en so hard as wat sy kon tokkel, en probeer om op dieselfde tyd as Helen te piek. Sy het nie, maar dit het nie saak gemaak nie, want die ander vrou was vasgevang in 'n opeenvolging van orgasmes, selfs toe Andrea self ontplof het.

Later is vriendelike glimlagte en drukkies oral omgeruil terwyl die drie universiteitstudente Eric se motor gelaai het om terug te keer kampus toe.. Nie seker dat hulle vir Eric en Irene flous nie, Andrea en Helen het as platoniese vriende geskei, met soene op die wang en glimlagte.

## KAMERMAATS: BABA-OPPASSER 49

Vir die hele rit terug skool toe, en inderdaad, vir die res van haar lewe, sou Andrea aan Helen dink en glimlag, en soms sou sy wonder. Presies wie het daardie week vir wie verlei? Waarom HET Jeff haar skielik na sy huis genooi? Het die hele ding 'n opset gehad? Vir iemand wat verklaar het dat sy nog nooit 'n lesbiese gedagte gehad het nie, nog minder liefde gemaak het met 'n ander vrou, het Helen ongelooflik vinnig geleer.

Het sy die hele ding aangehits? Andrea kon omtrent sien hoe sy vra of Jeff 'n lesbiese of biseksuele coed ken en Jeff antwoord "Eintlik ken ek verskeie." Of dalk het Jeff gesien hoe sy ma na ander vroue kyk en twee en twee bymekaar gesit, en 'n coed in geroer wat hy geweet het in ander vroue belangstel. En miskien was sy besig om 'n belaglike fantasie te versin.

En nadat sy al daardie gedagtes oorweeg het, sal Andrea hulle met 'n grynslag afmaak. Maak nie saak hoe nie, maak nie saak hoekom nie, maak nie saak wie nie. Dit het net saak gemaak dat dit gebeur het.

Ai tog. Ongeag of sy die verleidster of die verlei was, was die ervaring iets wat sy nooit vergeet het nie. Of wou vergeet.

# BABA-OPPASSER

## KAMERMAATS: BABA-OPPASSER 51

Julia Carraux het met die trappies na die klein baksteenhuisie wat van die straat af geleë is, begrens. Sy klop vinnig aan die deur terwyl sy haar horlosie kyk. Goed, sy was vyf minute vroeg. Die swartharige 20-jarige Kanadese meisie het verskeie kere op en af op haar tone gehop, minder van ongeduld as van haar opgekropte energie.

Die deur het oopgegaan en Julia het amper gelag toe die waardige ouer man wat in die deur gestaan het, verskeie kere taamlik leeg na haar knip voordat hy vra "Kan ek jou help?"

"Hallo, Doctor Lake, dis Julia. Ek pas jou kleinkinders vanaand op?"

Die man se gesig is geanimeerd. "O ja, Julia, kom asseblief in." Hy het haar in die sitkamer ingelei. Julia kyk rond. Dit was omtrent wat sy van 'n universiteitsprofessor se plek verwag het. Gevulde boekrakke het die meeste van die mure bedek. Dit het gelyk of 'n tafel en lessenaar kreun onder die stapels papiere wat hulle bedek. Hy beduie na 'n verslete, maar gemaklik lyk bank.

" Sit asseblief Julia. Ek is bevrees jou aanklagte is nog nie hier nie. My dogter en haar man," het Julia opgemerk 'n fronsende aangee oor sy gesig, "Moet hulle nou enige oomblik laat val. Ek was van plan om by te bly. hulle self, ek is regtig baie lief vir hul geselskap, maar ek het 'n fakulteitsvergadering wat my kop laat val het. Wil jy 'n coke of 'n koppie tee hê?"

"Dankie Doctor Lake , 'n Coke sal goed wees."

Hy het in 'n kort bevel teruggekeer en vir haar 'n koue glas gegee. "Julia, ek wil jou bedank dat jy op so kort kennisgewing hiertoe ingestem het. Ek was by my verstand totdat professor Nolam van my dilemma verneem en jou voorgestel het. Sy praat baie van jou."

Julia glimlag. "Professor Nolam is 'n wonderlike dame. Haar kinders is heerlik, al is dit 'n bietjie van 'n handvol. Dit was pret en ek het altyd my tyd saam met hulle geniet."

"Wel, ek weet toevallig dat sy en haar man altyd bly was om weg te kom en geen bekommernis gehad het om in te meng met hul aande saam wanneer jy saam met die kinders was nie."

Julia glimlag weer. Sy wonder of Doctor Lake bewus was van presies hoe die Professor en haar man sommige van daardie aande uitgebring het. Sy het een aand uitgevind saam met haar kamermaat Andrea.

"Weet jy wat ek gisteraand gesien het terwyl jy opgepas het?" die Suid-Amerikaanse meisie het in haar sagte stem gegiggel. "Professor Nolam was uit by die Rodeo Round-Up Club. Jy sou nooit geglo het dit was sy nie. Sy het 'n romp gedra wat nie ek of jy sou gedra het nie, dit was so kort. Sy het 'n lae bloes aan gehad wat was so styf kon jy nie net sien sy het nie 'n bra aan nie, maar jy kon elke klein knopie op haar tepels sien. Sy het naakte broekiekouse en hoëhakstewels gedra. Ek het amper uit die hokkie waarin ek was, geval. Ek moes agter Chad Daverling wegkruip."

"Ek kan dit nie glo nie," het Julia geantwoord. "Professor Nolam? Ek het gedink sy is saam met haar man uit."

"O, sy was," het haar kamermaat haar verseker. "Ek het hom ook nie herken nie. Hy was almal uitgedos in stywe jeans en stewels en heeltemal homself. Hy het langs haar gesit en 'n gesprek met haar aangeknoop, vir haar 'n drankie gekoop en hulle het opgetree asof hulle nie eens elkeen ken nie. ander. Ek sal dit moet onthou. Dit het baie netjies gelyk."

"Wel," knipoog Julia. "Miskien kom haal ek jou eendag?"

"Ja, reg," kom die antwoord, effens gedemp toe Andrea aan haar roomie se kaal skouer peusel. "Selfs in hierdie tyd sal ons waarskynlik gestenig word. En nie die lekker soort van gestenig nie" Toe het hulle albei vergeet van professor Nolam en haar man en die Rodeo Club en Chad Daverling , aangesien hul hande oor mekaar s'n begin hardloop het liggame.

Julia het haarself teruggebring na die hede net toe 'n klop aan die deur kom. Doctor Lake het dit oopgemaak om 'n paartjie in hul laat twintigs saam met twee dogtertjies, een omtrent ses en die ander vier , te onthul . Sy het die volwassenes bestudeer. Die vrou was duidelik Doctor Lake se dogter. Sy het net soos hy gelyk.

# KAMERMAATS: BABA-OPPASSER 53

Sy kyk na die man en toe terug na die vrou. Iets was beslis uit die sak hier. Hulle het albei ongelukkig gelyk, hoewel hulle moeite gedoen het om dit weg te steek.

"Hallo Pa." Die vrou kyk na Julia, nuuskierigheid op haar gesig.

"Hallo liefie. Ek is bevrees daar is 'n haakplek in ons planne. Daar is vanaand 'n onverwagse departementshoofvergadering met die Dekaan wat ek absoluut moet bywoon. Dit is juffrou Carraux . Sy was verlede kwartaal een van my studente en het ruimhartig aangebied om hou die kinders wanneer hierdie konflik ontstaan het. Sy word sterk aanbeveel en verseker my dat sy die kinders mooi sal dophou en nie besoekers sal hê nie."

"Ek belowe," sê Julia helder. "Niemand hier behalwe ek en my wiskundeboeke nie."

Kort voor lank is die twee dogtertjies op die rusbank vasgekruip en aandag gegee aan die flikkerende skerm van die swart en wit televisie. Die ouers was weg en Doctor Lake het vir Julia gewys waar die eetgoed is voordat hy gaan aantrek. Julia het haarself tussen haar twee aanklagte geskik en vriende gemaak.

Lake het weer verskyn, netjies geklee in 'n pak en das. Julia het pas opgestaan om vir die meisies water te kry en hom amper op pad kombuis toe gestamp.

"Dokter Lake, jy lyk baie mooi."

"Dankie, Julia."

"Ek veronderstel," sê Julia ingedagte, "dat ek van my aannames sal moet hersien. Ek dink ek het nog altyd aan jou gedink in daardie tweed-baadjies met die leerkolle op die elmboë en gesien hoe jy probeer onthou waar jy weg is. die uiteensetting vir die dag se lesing. Maar dit is net een kant van jou."

Doctor Lake lag. Julia het sy gelag geniet, dit was helder en vrolik. Sy het hom onthou as soveel meer ingetoë in die klas.

"Julia, ek is seker dat jy op jou ouderdom redelik seker is dat enigiemand van my ouderdom, en 'n universiteitsprofessor om te begin, verward en eerder verlore moet wees op die beste tye. Ek is seker ek het daardie indruk gemaak toe jy die eerste keer aangekom. Ek bely dat ek taamlik rustig is en 'n breuk in my roetine is geneig om my op die spoor te bring. Maar ek is nie naastenby so verlore as wat jy dalk gedink het nie."

"Wel, ek vra om verskoning, Doctor Lake."

"Nie nodig liefie. Ek geniet eerder die rol wat die lewe my gegee het om te speel. Ek geniet dit ook om soms daaruit te stap."

Die aand het vinnig verby gegaan. Julia het die meisies in die spaarslaapkamer in die bed gebring, 'n storie en 'n sagte liedjie wat hulle dadelik aan die slaap sus. Sy het haar boeke op die kombuistafel uitgesprei en opgeneem in haar studies. Kort-kort het sy haarself losgeskud en na die slaapkamer teruggekeer om na haar aanklagte te kyk.

Julia was amper verbaas oor hoeveel tyd verby is toe die ouers teruggekeer het. Hulle het 'n bietjie goed gelyk, nie gelukkiger nie, maar meer ontspanne met mekaar. Dit het gelyk of daar nog 'n rand aan hul gesprek was wat Julia effens ongemaklik gemaak het, asof sy 'n blik op iets kry wat sy nie moet nie. Tog het die gelukkige glimlagte wat albei hul slaperige kinders gegee het, haar gerusgestel.

Hulle was nog besig om vir Julia te bedank toe Doctor Lake by die huis aankom. Hy het met sy dogter gepraat, sy kleinkinders gesoen en gewaai totdat hulle uit die oog gery het. Hy het in die huis gekom en Julia die ooreengekome bedrag betaal, en nog 'n bietjie bygevoeg.

"Jy het dit regtig verdien," het hy gesê. "Die kleintjies het baie van jou gehou. Die drukkies wat hulle vir jou gegee het was 'n bewys daarvan."

"Hulle is wonderlike kinders en ek het hulle so geniet dat ek amper gratis by hulle kon bly." Julia lag. "Maar ek is bly oor die geld."

Julia het haar boeke bymekaargemaak en papiere in die grotagtige skouersak gestop wat sy gebruik het om alles rond te dra. Sy het weer die sitkamer geskandeer om seker te maak sy het niks gelos nie. Omdat sy niks sien wat aan haar behoort nie, het sy na die kombuis gegaan om vir haar werkgewer goeienag te sê.

## KAMERMAATS: BABA-OPPASSER

Doctor Lake het by die venster uitgekyk. Sy blik was nie op die nag gerig nie. Hy het ouer gelyk, sy skouers 'n bietjie meer ingesak. En moeg. Die sensitiewe jong vrou het 'n gevoel van moegheid van hom gevoel.

"Dokter Lake? Gaan dit reg?" Huiwerig lê sy haar hand op sy arm.

" O , dit gaan goed, my skat." Hy kyk steeds by die venster uit en klop haar hand met syne. "Dinge lyk soms oorweldigend. Wanneer jy jouself op die afdraande van die lewe bevind, dra dinge wat jy kon afskud toe jy jonger was blykbaar soveel meer gewig."

"Het dit iets met jou dogter en haar man te doen? Ek is nie lus nie," het Julia gehaas om by te voeg. "Wel, in elk geval nie veel nie. Ek het net 'n paar baie slegte vibes gevoel toe hulle hier was."

"Wel, ja. Hulle het die meisies afgelaai sodat hulle na berading kon gaan. Die huwelik is klipperig. Ek is bevrees deel daarvan is my skuld. Ek het nooit gedink Alan is goed genoeg vir my dogter nie, en ek is seker ek Ek het dit oor die jare gewys. Natuurlik sou ek dit seker oor enige ou gevoel het." Hy draai na Julia toe en gee haar 'n skewe glimlag. "Net soos ek seker is jou pa het seker al gedink aan enige jong man wat jy huis toe gebring het."

"Wel, ja," lag Julia. "Ek dink alle Pa's is beskermend." Sy het nugter geword. " Dit is steeds meer as daardie Doctor Lake. Wat laat jou nog voel soos jy nou doen?"

Sy oë vat weer die ver kyk aan. " Dis Jean." Op een of ander manier het hy meer aangevoel as om haar verbaasde voorkoms te sien. "My vrou. Hierdie week is dit vier jaar sedert ek haar verloor het. Kanker."

"Ek is so jammer," sê Julia stil.

Die jong vrou se opregtheid was duidelik vir die ouer man. Hy druk haar hand. "Dankie. Dit was baie eensaam vandat sy weg is. Tog egter," het hy na Julia gekyk, "ek hoop dat jy net so gelukkig soos ek was in jou keuse van wie jy jou lewe mag spandeer. Die herinneringe is baie verwarming." Dokter Lake kyk weer weg. "Moenie bang wees vir die lewe nie Julia. Alhoewel ek vanaand baie hartseer is, sou dit oneindig erger gewees het as ek nog nooit daardie jare saam met Jean gehad het nie."

Julia kyk nou in 'n heel nuwe lig na die ouer man. Haar hart het uitgegaan na hierdie eensame man. Terselfdertyd het sy besef dat 54 nie gelyk is aan "Oor-die-heuwel" nie. Miskien was hy 'n bietjie sittend, maar hy was nie vet nie, en die arm waaraan sy geraak het, het nog spiere gehad. Trouens, sy grys hare het bygedra tot sy aantrekkingskrag.

Appélleer? Ja, het sy besluit.

Julia het gefluister, "Dokter Lake?" Toe hy na haar draai, sit sy haar hande om sy nek. Sy het op haar tone gestaan en hom gesoen. Verras, sy mond gaan oop en sy glip haar tong tussen sy lippe in.

Vir 'n lang oomblik het die twee saam gestaan. Toe breek die man die soen. " Julia!" het hy uitgeroep. "Wat maak jy?"

Die jong vrou se oë het geblink. "Ek het gedink dit is nogal duidelik wat ek doen." Sy strek haar hand uit en trek haar vingers oor die bult in sy langbroek. "Dit lyk of 'n deel van jou deeglik bewus is van wat ek doen."

Lake het hard gesluk en daarin geslaag om Julia se vingers weg te druk van sy stadig verhardende piel. "Nou Julia, ek kan nie sê dat ek nie gevlei en uiters versoek word nie, maar dit is nie reg nie. Jy is 'n student en ek is jou professor." Hy stop toe Julia twee treë terug gee. Sy reik af, vang die soom van haar boerbloes en trek dit oor haar kop. Haar borste het reguit uit haar lyf gestaan, klein maar perfek afgerond. Twee harde pienk tepels het hulle gekantel.

"Dit was verlede kwartaal." Julia strek haar hand uit, maak haar sandale los en skop dit weg. "Hierdie kwartaal is ek net jou kinderoppasser." Hy kyk ongelowig hoe haar vingers haar kortbroek losknip en lostrek. "En ek is 'n volwassene, nie 'n kind nie, Doctor Lake." Die kortbroek gly by haar bruingebrande bene af. Sy het uit hulle gestap en haar net in 'n blou katoenbroekie gelos. Sy het een bors omhul en dit vir hom aangebied.

Daar was een oomblik van huiwering. Skielik het Lake die afstand tussen hulle in een tree afgelê. 'n Arm gaan om haar, die hand teen die middel van haar rug gedruk. Die ander hand gryp haar boude vas. Hy lig

## KAMERMAATS: BABA-OPPASSER 57

haar klein raampie in die lug met 'n verrassende kragvertoning. Met 'n gegrom begrawe hy sy gesig tussen haar borste.

Julia hyg. Sy buig haar rug terwyl sy mond haar regterbors bedek, en suig dit in selfs terwyl sy tong oor die tepel draai. Hy druk haar gat, sy sterk vingers buig teen die wange wat verstewig is deur ure se cheerleading en oefening.

Lake het haar in die lug gelig en haar in die gang af gedra, sy mond nog steeds aan haar bors gesluit. Julia vou haar arms om sy nek toe hulle by die ander slaapkamer indraai. Toe hy by die dubbelbed kom, buk hy vooroor en lê haar op die dekens. Sy reik af, druk haar broekie af, trek een been op en uit hulle en gooi dit uiteindelik weg met die tone van haar ander voet.

Lake staan oor haar, sy oë loop op en af oor haar ferm lyf. Sy geniet sy warm blik, lig haar arms oor haar kop en wikkel verleidelik op die bed. Hy het sy klere afgeskud en 'n liggaam onthul wat sy vyf dekades plus baie goed behandel het.

Terwyl hy sy gordel losmaak en sy broek losmaak, rol Julia na hom toe, beland op haar maag, haar gesig na hom toe. Sy steek sy hand uit en trek sy broek en kortbroek af. Toe sy piel verskyn het sy hom in een vinnige beweging in haar mond verswelg.

Lake se oë rek. "O God, Julia!" Hy staan byna hulpeloos toe die lenige jong vrou voor hom uitgesprei het, haar kop al wip soos haar lippe op en af op sy piel gly. Sy bak sy balletjies, hou dit in haar hand, haar vingers streel dit en gee die kleinste drukkies.

Dit moes lank gewees het vir die Professor. Julia voel hoe hy al begin swel. Sy het haar kop heeltemal afgedruk totdat haar neus aan sy lies geraak het en die suiging verhoog het. Sy balsak het styfgetrek en sy hande val op haar kop, vingers sluit in haar kort gesnyde swart hare. Toe is haar mond gevul met warm vloeistof terwyl sy balle hul vrag leeggemaak het. Sy sluk en laat sy sperm in haar keel afloop.

Sy haan sak in haar mond. Sy los dit maar begin vir 'n minuut lank met haar tong langs die krimpende lengte hardloop. Dan gly sy sywaarts

# 58 ERIKA SANDERS

en op die bed totdat sy haarself op die kopstuk gestut het, twee kussings onder haar rug.

"Sluit jy nie by my aan by Doctor Lake nie?"

"O Julia, ek is jammer. Dit was net so lank en ek..." Lake se woorde het weggeloop toe Julia een mooi been uitstrek en dan die ander een optrek en haar klossie hare ontbloot. Druppels klou aan die fyn hare. Sy trek haar bors om en gly dan haar hand oor haar plat maag en tussen haar bene af. Een vinger het haar skaamlippe geskei en sy het haarself begin terg met vinnige flikkerende aanrakinge. 'n Tweede vinger sluit by die eerste aan en sy leun terug, haar poesie oop vir sy uitsig en haar hale.

Julia se oë is toe. Die vingers aan haar een hand het oor haar tepel gesluit en begin rol en dit ruk. Haar ander hand vryf op en af in haar spleet. Aan die bokant sou sy stilstaan en om haar klit sonder kappie omtrek voordat haar hand afbeweeg. Lake het daarin geslaag om sy oë van haar af weg te skeur en afgekyk om te sien hoe sy piel weer styf word. Hy het op die bed geklim , sy oë weer gesluit op die welgevormde coed terwyl sy masturbeer.

Die coed voel hoe die bed beweeg en glimlag vir haarself. Haar oë gaan oop soos haar asem vinniger kom en sy begin om haar klit te sirkel en terselfdertyd hard te trek en haar tepel te draai. Toe, net voor sy die punt van geen terugkeer bereik het, het sy gestop, haar hand uitgesteek en die Professor na haar toe getrek. Byna val in sy haas om haar te bereik, het sy liggaam langs haar tot stilstand gekom.

Julia het Lake op sy rug gedruk en bo-op hom geklim. Sy staan op haar knieë, haar vingers loop deur die massa hare wat sy bors bedek. Hy bereik tussen hulle en lei die kop van sy haan tussen haar wagtende lippe. Sy laat sak haarself, haar oë sluit toe hy in haar opgly.

Sy span haarself vas en beweeg stadig op Lake se haan. Op een of ander manier het dit gevoel asof dit stadig en sag moet wees. Sy buig haar knieë, lig op en val. Haar oë het toe gebly terwyl die man onder haar in tyd met haar beweeg het.

## KAMERMAATS: BABA-OPPASSER 59

Lake se hande streel oor haar heupe en langs die voorkant van haar dye af. Julia se oë gaan oop toe sy hom sag hoor kreun.

"O Jean, Jean, Jean."

Julia se oë traan. Lake se oë was nou toe. Die jong vrou het besef hy noem haar op sy oorlede vrou se naam, en laat homself verbeel dat hy by haar is. Sy leun vorentoe en rus teen sy bors, haar kop op sy skouer. Haar sterk beenspiere het voortgegaan om haarself op sy skag te wieg. Haar arms gaan onder hom in, haar hande gly tot by sy skouerblaaie.

"O God, Jean, ek het jou so gemis."

Julia knip die trane terug wat dreig om haar te verblind. Wat was Doctor Lake se voornaam? Don, nee, Dan. Dit was dit.

"Ek het jou ook gemis Dan." Sy lyf laat styf val en omhels hom. " Dis okay Dan, dis okay. Maak liefde met my Dan. Maak liefde met Jean."

Dan knik woordeloos. Teer druk hy die coed op haar rug, terwyl hy binne-in haar bly. Hy bedek haar lyf met sy eie, sy heupe beweeg stadig. Sy het haar bene oopgesprei, haar knieë gebuig en haar voete op die dekbedekkings vasgemaak en in eenstemmigheid met hom beweeg. Hy stort soene oor haar nek en skouers terwyl hy vinniger beweeg en na lug snak.

Julia het onder haar ouer minnaar ingetrek. Sy vou haar arms om hom en gooi toe een been oor syne. Sy gewig het haar teen die bed vasgedruk toe hy homself in haar verloor het. Hulle het mekaar styf vasgeklem terwyl net heupe heen en weer beweeg. Die harde tepels op haar klein uitspringende borste druk in sy bors. Julia het uitgeroep terwyl dit lyk asof hy al hoe verder in haar inkom. As een beweeg, het hulle mekaar tot orgasme gery.

Die gevormde liggame het verlangsaam en toe gestop. Toe Dan uit haar trek, voel Julia hoe die taai nattigheid van sy kom uit haar lyf stroom. Die bedrag wat hy op een of ander manier na sy eerste orgasme bymekaargemaak het, was verbasend. Sy het amper gegiggel, maar het haarself ingehou, wetende dat dit die ouer man se omstrede bui sou breek.

Hulle skep saam tot sy aan sy ontspanne asemhaling voel hy het aan die slaap geraak. Sy het van die bed af geglip en haar klere gekry en aangetrek. Sy het pas haar sak opgetel toe Doctor Lake in die sitkamer verskyn, 'n laken wat om sy middel gedraai is.

"Dankie." Sy oë soek haar gesig. "Ek weet nie hoekom jy gedoen het wat jy gedoen het nie, maar dankie. Nie net vir die seks nie, maar vir die ander."

"Jy is welkom." Julia glimlag. "En dit is nie asof ek enigiets hiervan beplan het nie, en ook nie asof ek myself nie baie geniet het nie." Sy het na hom gekruis, op haar tone gaan staan en sy wang gesoen. "Slaap lekker vanaand. Miskien is dinge nou nie heeltemal so oorweldigend nie." Sy draai om en vertrek, en maak die deur agter haar toe.

Toe sy op die trap klim wat na haar koshuis lei, het Julia skielik 'n bose glimlag ontkiem toe 'n baie stoute idee haar kop opkom. Sy het gehaas en gewonder of haar kamermaat tuis is, en alleen. Een ding van Andrea, sy was redelik onskokbaar en Julia het nie gedink sy sou veel moeite hê om haar te oorreed om saam met haar te gaan nie. As Doctor Lake so opgewonde kon raak as wat hy gesien het hoe sy aan haarself raak, het sy gewonder hoe styf hy kan word as twee jong vroue voorgehou word wat aan hulself en aan mekaar raak.

Miskien sal sy nog 'n aand uitvind.

# EINDE

# Don't miss out!

Visit the website below and you can sign up to receive emails whenever Erika Sanders publishes a new book. There's no charge and no obligation.

https://books2read.com/r/B-A-IGGS-KTCCC

**BOOKS 2 READ**

Connecting independent readers to independent writers.

CPSIA information can be obtained
at www.ICGtesting.com
Printed in the USA
BVHW051300251022
650240BV00004B/384